相棒

Season 17

相棒 season17

上

脚本・輿水泰弘ほか／ノベライズ・碇 卯人

朝日文庫

本書は二〇一八年十月十七日〜二〇一九年三月二十日にテレビ朝日系列で放送された「相棒　シーズン17」の第一話〜第七話の脚本をもとに、全六話に構成して小説化したものです。小説化にあたり、変更がありますことをご了承ください。

相棒 season 17 上 目次

＊小説版では、放送第一話「ボディ」および第二話「ボディ～二重の罠」をまとめて一話分として構成しています。

装幀・口絵・章扉／大岡喜直（next door design）

杉下右京　警視庁特命係係長。警部。
冠城亘　警視庁特命係。巡査。
月本幸子　小料理屋〈花の里〉女将。
伊丹憲一　警視庁刑事部捜査一課。巡査部長。
芹沢慶二　警視庁刑事部捜査一課。巡査部長。
角田六郎　警視庁組織犯罪対策部組織犯罪対策五課長。警視。
青木年男　警視庁特命係。巡査部長。
益子桑栄　警視庁刑事部鑑識課。巡査部長。
大河内春樹　警視庁警務部首席監察官。警視正。
風間楓子　『週刊フォトス』記者。
中園照生　警視庁刑事部参事官。警視正。
内村完爾　警視庁刑事部長。警視長。
日下部彌彦　法務省法務事務次官。
衣笠藤治　警視庁副総監。警視監。
甲斐峯秋　警察庁長官官房付。

相棒

season

17上

第一話「ボディ」

一

二〇一八年六月七日、中央合同庁舎の会議室で、国家公安委員会の定例会が開催されていた。委員長である国務大臣の鑓鞍兵衛《やりくらひょうえ》をはじめとする六名の国家公安委員の前には、警察庁の幹部たちが向き合って着座していた。

しんと張りつめた空気の中、首席監察官が起立して質問に答えた。

「委員お尋ねの司法取引についてですが、ついに先頃、六月一日《いっぴ》をもって導入されたわけでありますが、たしか二月下旬でしたか、検事総長が訓示で述べられていましたとおり、『運用実績を積み重ねつつ、時間をかけて定着させていく』――まずはこの方針で臨んでいくことに、無論のこと異存はなく、我々警察庁といたしましても、法務省との協力関係を密にしながら、長年の懸案である刑事司法改革を着実に進めて参る所存であります」

冗長な首席監察官の発言を遮るようにして、鑓鞍が悠揚《ゆうよう》たる物腰で口を開いた。

「モスキート音ってあるじゃない？　モスキートーンってやつ。羽音ね。蚊のブーンっての。それで耳年齢、調べられるってんで、ちょっとやってみたらさ……。いや、あたしゃ、こう見えて目も歯もあっちのほうもボロボロでさ。早い話が年相応ってことなんだけどもね。どういうあんばいか、昔から耳だけはよくて、ちっとも衰えないの」

話の趣旨がわからず戸惑う一同に一瞥《いちべつ》をくれると、鑓鞍は老眼鏡を外してレンズを拭きはじめた。

「ああ、単なる雑談。まあ、とにかくモスキート音で耳年齢、調べてみたわけさ。そしたらなんと、十六キロヘルツまで聞こえちゃってさ。わかる？　十六キロヘルツなんて高音聞こえるの、二十代の若者までですさ、こんな年寄りにゃ、聞こえっこないの。耳がいいのは喜ばしい限りとはいえ、聞こえすぎるのもわずらわしいけどねえ」

ここにいたってようやく、国家公安委員の三上冨貴江《みかみふきえ》は自分が当てこすられていることに気づいた。

「申し訳ありません。お耳障りでしたか？」

「いや、耳障りってことじゃないけどさ。言ったとおり、あたしゃ耳が驚異的なもので、気になるっちゃなるかな。マナーモードにしてても振動音するもんねえ。出たらいいのに」

「会議中ですから」

冨貴江は神妙な面持《おもも》ちで顔を伏せたが、鑓鞍の追及は止まらなかった。

「でも、随分しつこく鳴ってたじゃない」

「すみません。電源切っておけばよかったです。マナーモードなんて中途半端なことをせずに」

「ほっときゃ、留守電に切り替わるんでしょ？」

「はい」

「でも、切り替わるたんびにかけ直してきてたみたいじゃない。要は伝言残すんじゃなくて、直接話したいってことでしょ」

「会議が終わったら、かけ直します」

冨貴江が答えたとたん、足元のトートバッグの中のスマホが振動音を鳴らした。ぱっが悪そうにうつむいた冨貴江の目が、ディスプレイに表示された「鬼束鐵太郎《おにづかてつたろう》」の文字をとらえた。

「ほら、また来たよ」

鑓鞍に指摘され、気まずいようすの冨貴江に、警察庁次長が真面目な顔で言った。

「構いませんよ、お出になって。もう会議も終了ですし」

「そうそう、遠慮せず出なさいよ」

鑓鞍にも促されていたたまれなくなった冨貴江は、廊下に移動すると電話に出た。

「もしもし」

――ああ、俺だけど。

電話をかけてきたのは、鐵太郎ではなく、息子の鬼束鋼太郎《こうたろう》だった。

「あなたなの？　なんで？」

――驚くな。親父を殺した。

「えっ⁉」

　突然夫から電話でそんな告白をされて、驚かずにいられるはずもなかった。

　冨貴江は大急ぎで鬼束邸に帰宅した。大広間に入ってみると、鐵太郎が頭から血を流して倒れていた。傍らには割れた縄文土器の破片が散らばっている。鐵太郎の顔は青ざめ、微動だにしない。すでに息をしていないことは明らかだった。

　義父の遺体を見つめて絶句する冨貴江の背後から、声が聞こえた。

「君のためだよ」

　振り返ると、鋼太郎がいた。スーツ姿でソファに座っている。その向こうには鐵太郎の妻である祥《さち》の姿もあった。祥は冨貴江よりひと回り以上も年下だった。

「えっ？　わたしのために殺したなんて、意味がわからない！」

　困惑する冨貴江をなだめるように、鋼太郎が茶封筒を手に立ちあがった。

「だから、それをこれから説明するんじゃないか。そのために大至急帰ってきてもらったんだ」

　このとき冨貴江は義父が腹の上で手を組んでいることに気づいた。

「祥が……、祥さんがこういうふうにしたの？」

「さすがだろ」最初に答えたのは鋼太郎だった。「きれいに血を拭き取ってさ」

「血まみれで転がしておくなんて、あんまりじゃないですか。本当はベッドに運んであげたかったけど、鋼太郎さん、手伝ってくれないから」

不服そうな祥に向かって、鋼太郎が顔をしかめた。

「気味悪くて、死体になんか触れないよ。っていうか、たとえ生きてても親父になんか触りたかないけどね」

父親と夫の遺体を前に非現実的な会話を続ける鋼太郎と祥の心情を冨貴江がはかりかねていると、鋼太郎が〈総合調査トップリサーチ〉という社名が印刷された茶封筒を差し出した。

冨貴江は封筒を受け取り、中身を取り出した。報告書のファイルと写真の束だった。写真には冨貴江と若い男がカフェで楽しそうに談笑する姿や、ホテルの前で抱き合う姿がはっきりととらえられていた。

鋼太郎が投げやりな口調で説明する。

「親父が探偵に調べさせてたんだってさ、君の不貞を」

「お義父《とう》様が……どうして？」

「訊《き》く？　想像つくだろう？」

答えに窮《きゅう》する冨貴江に、祥が表情も変えずに告げる。

「冨貴江さんを、この家から追い出すためですよ」

「このネタで？」

「突きつけられたら、おとなしく出てったかい？」

鋼太郎に痛いところを突かれ、冨貴江は「さあ」ととぼけた。

「君のことだ。おとなしく出てきゃしないだろうね」

「だから、そのネタを公にするぞって脅して、追い出すって言ってました」

鐵太郎の若き妻が証言すると、鋼太郎は恩着せがましい口調で妻に向かった。

「君には社会的立場があるからね。そんなスキャンダルでも木っ端微塵《こっぱみじん》だろ？　そうなりゃ、とてもごねてここに居座れるとは思えない」

「それであなたは、そんなわたしのためにお義父様を殺してくれたってわけね」

「君の危機だからね！　人生最大のと言っても大げさじゃないだろう？」

鼻白む冨貴江をもてあそぶように、鋼太郎がねちねちと続ける。

「あれ？　迷惑だったかな？　よかれと思ってしたんだけど。もし迷惑だったのならば、僕は潔く自首するよ。ただ、いくらでも自首はするんだけれども、ひとつ懸念なのは、夫が殺人犯っていうのもこれ、なかなかのスキャンダルってことだ。そうじゃない？　君の社会的立場に影響がなきゃいいんだけど。まあ、僕の殺害動機がどうあれ、君にいっさい責任はない。そりゃ夫婦ったって一心同体ってわけじゃなく、別人格なんだから、僕の罪をだよ、君がひっかぶる必要は微塵もないはずだ。ただ、そういう正論が通用しないのが、昨今の風潮だからね」

声を失う冨貴江に、祥が問いかける。

「さすがに大学の先生を辞めさせせられたりはしないでしょうけど、国家公安委員はクビじゃないですか？　旦那様が人殺しなんてしたら……」

「そうだねえ。あからさまにクビっていうのはいろいろ具合が悪いだろうから、たぶん辞任を要求されるだろうね、うん。あくまでも自発的辞任っていう体で。もちろんそんな理不尽な要求に従う必要はないんだけど」鋼太郎が妻に迫る。「さあ、言ってくれ！このまま自首したほうがよければ、僕はそうする。君次第だ。いずれにしたって、親父はもう生き返らないしね」

冨貴江は頭に手をやり、髪の毛をわしづかみにした。

週明けの六月十一日、組織犯罪対策五課長の角田《かくた》六郎《ろくろう》は、いつものように「暇か？」と訊きながら特命係の小部屋に入ってきた。マグカップを手にしているのは、特命係のコーヒーメイカーからモーニングコーヒーをいただくためだった。

部屋の主である杉下右京《すぎしたうきょう》と冠城亘《かぶらぎわたる》がそれぞれティーカップとコーヒーカップを片手に

角田に挨拶をしていると、新しく特命係に配属された青木《あおき》年男《としお》が素っ気ない態度でやってきて、出勤ボードの名札を返した。

「おはようございます」

「はい、おはよう」「おはようございます」「おはよう」

角田、右京、亘がそれぞれ応じるなか、青木は小部屋の一角をパーテーションで仕切った自分だけのスペースに逃げるように潜りこんでいく。狭い入り口には「サイバーセキュリティ対策本部分室」と染め抜かれた暖簾《のれん》がさがっていた。


同じ頃、鬼束祥は所轄の雪谷《ゆきがや》警察署を訪れ、対応に当たった生活安全課の刑事、石森《いしもり》に、白髪が見事な老人の顔写真を手渡した。

「それじゃ、まずお名前を」

石森が行方不明者届の用紙を前にして訊くと、祥は「鬼束鐵太郎です」と答えた。

「オニヅカさん……」

とっさに漢字が思いつかないようすの石森に、祥が名刺を差し出す。

「こういう字、書きます。どうぞ」

「助かります。こちら、お預かりしても？」

「どうぞ。それから、わたしの身分証明書も必要だとうかがったので」

続けて差し出された祥の免許証を見て、石森が確認した。

「鬼束祥さん。お嬢さん？　あっ、いや、お孫さんかな？」

「いいえ、妻です」

「妻……」石森が目を瞠《みは》る。「奥さん？」

「はい」

若き妻はしっかりうなずいた。

その日の午後、〈成林《せいりん》大学〉の三上冨貴江にあてがわれた教授室で、細面の青年が冨貴江に訊き返した。

「理事長が行方不明？」

青年の名は中迫教之《なかさこのりゆき》。冨貴江のゼミの学生で、カフェやホテルの前で隠し撮りをされた相手であった。

「昨夜《ゆうべ》からね」冨貴江は顔色ひとつ変えずに言った。「どこに行ったか、わからないの。心当たりは捜してみたんだけど」

「事故とか？」

「問い合わせしてみたけど……。とにかく、今日警察に行ってるはずだから。……というわけで、今夜の食事は延期」

「ええ。もちろん、そういう状況でしたら。ご無事を祈ってます」

「ありがとう」

心配顔の中迫に軽い笑顔で応じたとき、冨貴江のスマホの着信音が鳴った。冨貴江は、相手を確かめてかすかに顔を曇らせると、中迫から離れて電話に出た。

「もしもし」

電話は鋼太郎が父親の携帯電話からかけてきたものだった。

——話が違うじゃないか！　警察が来てるぞ。

「えっ？」

——今、祥が相手してる。


その祥は、応接間で雪谷警察署からやってきた生活安全課のふたりの捜査員の相手をしていた。

「警察犬ですか……」

思案する祥に、眼鏡をかけた捜査員がうなずいた。

「必要とあらば、要請します」

もうひとりの背の高い捜査員が身を乗り出した。

「ですから、改めて詳しく行方不明時の状況をおうかがいできればと」

しばらくして、雪谷警察署に冨貴江が現れた。署長に面会し、単刀直入に用件を伝えた。

「捜査は必要ない？」

意外な申し出に目を丸くする署長に、冨貴江が説明する。

「必要ないと言うと語弊がありますが、義父《ちち》は一般行方不明者の扱いですから」

「おっしゃるとおり、一般行方不明者ではありますが、ご心配でしょうしね。一刻も早く見つかればと、我々もできる限りの……」

気にかける素振りを見せる署長の胸中を冨貴江が読む。

「それは、わたくしの立場をおもんぱかってのことですよね」

「はい？」

「つまり、便宜を図ってくださると」

「そう言われますと、身も蓋《ふた》もありませんが」

「ご配慮には感謝いたします。ですが……」

冨貴江はあくまでも固辞した。

署長から連絡を受けた石森は、鬼束鐵太郎の捜査を命じた部下の捜査員を呼び寄せた。

「特別扱いはしてほしくないそうだ」

「えっ！」眼鏡の捜査員が驚く。「じゃあ、捜査は中止ですか？」

「そういうことだな」

石森が同意すると、背の高い捜査員が本音を漏らした。

「どうせ格好だけの捜査なんだから、やらなくていいなら、それに越したことないか」

「それを言うな」

石森が部下をたしなめた。


その頃、写真週刊誌『週刊フォトス』の編集部で、編集長の八津崎奨《やつざきすすむ》が、編集部員の風間楓子《かざまふうこ》を手招きした。

「おーい、楓子」

やってきた楓子をミーティングルームに誘い、八津崎はタブレット端末を操作した。

「俺が日夜、お宝発掘のため、ネットサーフィンに勤《いそ》しんでいることは知ってるよな？」

「なにか出ましたか？」

興味津々の楓子に、八津崎はタブレットを差し出した。ディスプレイには警視庁の行方不明者公開のページが表示されており、白髪の男性の顔写真がアップになっていた。

「鬼束鐵太郎……」楓子はピンとこなかった。「誰です？」

「〈学校法人鬼束学園〉の理事長だ」

「お宝ですか？」

「そりゃ、磨いてみないとわからんが、磨く価値はあると思う」

「編集長得意の直感ですね」

楓子のことばに、八津崎は得意げに胸を張った。

「俺は勘だけでここまできた男だからな。理屈なんてもんは、あとからついてくる。とにかく磨いてみろ。キラキラ光り出すと思うぞ……」

二

八月のある日――。

トイレから特命係の小部屋に戻った亘は、デスクの上から読みかけの『週刊フォトス』がなくなっているのに気づいて、パーテーションの向こうに声をかけた。

「おい、青木！　お前だろう？　返せ」

「快便でしたか？」

パーテーションの奥から青木が訊いた。

「ああ、おかげさまで。っていうか、余計なお世話だ！　この馬鹿野郎！」亘は暖簾をくぐって仕切られたスペースに踏みこむと、青木の頭を撫《な》でまわした。「読み終わったら貸してあげるから」

青木はからかう亘を振り切って、口汚く罵《ののし》る。

「相変わらずこんな低俗な雑誌を愛読してるなんて、人間性を疑いますよ」

青木は『週刊フォトス』の風間楓子をエスカレーターから突き落として怪我《けが》を負わせた代償に、サイバーセキュリティ対策本部から特命係へ異動になったのだった。

「お前が『フォトス』に対して偉そうに言える立場か？」

「僕はすでにこうして制裁を受けてますから」

青木が写真週刊誌を亘に返す。

「えっ、もういいの？」

「そもそも読むに値する記事なんかありませんから。まあ、強いて挙げれば、『これぞ若妻の極意!!』って記事が多少気になったぐらいで」

自席で読書をしていた右京が、本から顔をあげた。

「その記事は僕も気になりました」

「『フォトス』は意外と愛読者が多いみたいですね」

亘が表紙を掲げてみせると、右京はその記事の内容に触れた。

「〈学校法人鬼束学園〉理事長、鬼束鐵太郎氏の奥様を追いかけたものでしたが」

亘が該当するページを開いた。「これぞ若妻の極意!!　洗濯は鬼の居ぬ間に　買物は夫の居ぬ間」という見出しとともに、高級ブティックで買い物をする鬼束祥の写真が載っていた。さらに次のページには鐵太郎が行方不明になっているという囲み記事や、リフォームされた鬼束邸の写真もレイアウトされていた。

「これですね。この記事に右京さんも気を引かれましたか……。どの辺に？」

右京は読みさしの本をデスクに伏せると、「内容もさることながら、〈学校法人鬼束学園〉といえば、三上冨貴江教授の〈成林大学〉がそうだったなと」

「ええ。そのとおり」

パーテーション越しに同意する青木に、亘が訊いた。

「お前、三上冨貴江、知ってんの？」

「国家公安委員でしょ？」青木がパソコンに向かったまま答える。「その節はお節介にも警視庁にお問い合わせいただいて、お世話になりましたから。あの件をややこしくした張本人のひとりでもある」

亘がパーテーションの上部から顔をのぞかせた。

「お前、制裁を受けても、ちっとも反省してないな。それよりなんでお前、その経緯《いきさつ》知ってんだよ」

「経緯って？」

「お前の引き起こした卑劣な女性記者突き落とし事件の捜査について、三上女史が直接、大河内《おおこうち》監察官に問い合わせしてきたことだよ」

青木は席を立つと、自分のスペースから出て、パソコンで調べたことを右京に報告した。

「三上富貴江の夫が鬼束鋼太郎といって、鬼束鐵太郎の息子みたいですよ。鋼太郎は〈学校法人鬼束学園〉の副理事長、〈成林大学〉では学長を務めています」

「とすると、三上教授は行方不明になっている鬼束鐵太郎氏の身内というわけですか」

「ええ」青木が肯定する。「義理の親子。だからでしょうね、三上富貴江も〈成林大学〉の副学長の地位にありますよ」

「そうでしたか……」

右京が読書を再開すると、青木は亘に向き直った。

「何度も言ってるでしょ？　情報なんてそこら中を漂ってるんですよ。僕はそれを必要に応じて取っ捕まえてるだけで、まあ、さしずめ虫取り網を持った少年みたいなもんかな」

「で、今もさっそく、三上富貴江の情報を虫取り網で取っ捕まえてたわけだな」

「ええ。サクッとね」

「なんのために？」

「さあ。僕も単なるお節介ですよ。ちなみに、行方不明の鬼束鐵太郎は、きっともう死んですよ」

　吐き捨てるように言うと、青木は自分のスペースに引っこんだ。

「ふうん、根拠は？」

　亘の問いかけに、青木がパーテーションの奥から答える。

「爺《じじい》が若い後妻もらって長生きできるはずがない」

「アホか」

　亘は一笑に付そうとしたが、右京は「なるほど」と理解を示した。

「なるほどって……」

　亘が呆れると、青木が言った。

「意外と僕と杉下さんはいいコンビかもしれない」

「……ですって」

　亘が水を向けても、右京はなにも答えなかった。

　亘は車のハンドルを握ったまま、助手席の右京に語りかけた。

「どういうことなんでしょうね？」

　先ほど雪谷警察署の石森に問い合わせたところ、冨貴江が「特別扱いは困る」と義父、鐵太郎の捜索を断ったことを知らされ、右京の見解を聞きたかったのだ。

「たしかに通常ならば、直ちに捜査を開始するという案件ではありませんからねえ」

「だけど、通常じゃない。相手は国家公安委員の義理の父親ってことで、警察もほっとくのは気が引けて捜査を開始しようとしたわけでしょ」

「ええ」と右京が同意した。

「ところが、せっかくの親切を三上女史は拒絶した……。どう思います？」

亘が再び上司に見解を求めたが、右京は論点をずらした。

「まず、君の警察の親切ということばがおかしい。特権的な人間に便宜を図ろうとしたわけですから、親切などではありませんね」

「つまり、三上女史は警察の便宜供与を敢然と断った」

「ええ」

「身内が行方不明という緊急事態に、なかなかできないことです。俺だったら、ずるいのは承知の上で特権を享受しますね」

亘が先に自分の見解を述べる。

「そういう意味では、三上教授の態度は立派なものだったのかもしれませんねえ」

右京のことばはどこか歯切れが悪かった。

〈成林大学〉の教授室のデスクで中迫から渡された『週刊フォトス』の記事に目を走ら

せ、冨貴江は合点がいったようだった。

「このせいか……。今日はなんか、みんながジロジロわたしを見るんで、おかしいなと思ってたの」写真週刊誌を中迫に返して、つぶやく。「『週刊フォトス』……」

中迫は週刊誌を受け取ると、「理事長の手掛かりは、まだなにも？」と訊いた。

「なにも。蒸発してもうふた月よ。今の若い子たちは『蒸発』って言ってもピンとこないのかしら？」

「人が忽然《こつぜん》と姿を消すことを『蒸発』なんて、言い得て妙って感じだけど、いつ頃からそんなふうに言うようになったんですか？」

「いつ頃からなのかしら？」

「いいです。ググります」

中迫が軽い調子で応じる。

「そうね。今は便利な時代なんだから、自分で調べなさい」

その夜、数点の額装された絵画の掛かった鬼束邸の大広間で、鋼太郎はソファに寝そべっていた。そこへ露出度の高い派手なドレスとつばの広い帽子、サングラスを身に着け、チェーンバッグを手にした祥が、モデルウォーキングを意識した足取りで入ってきた。

鋼太郎が拍手をしながら迎え入れる。

「とっても似合うよ」

「ありがとうございます」

「で、それらの買い物中を撮られたってわけね」と言いながら、鋼太郎はテーブルの上の『週刊フォトス』を手に取った。

「失礼しちゃいますよね」

「いくら使ったの?」

「トータルで三十万ぐらい。訴えましょうか? プライバシーの侵害で」

「三十万か……」

「別に悪いことしてるわけじゃないのに。弁護士さんに相談してみようかしら」

憤慨する祥に、鋼太郎が釘を刺す。

「金が自由になったからってさ、あんまり浮かれるなよ」

「ずっと我慢してきたんで」

「それはわかるけどさ……こんなふうに目つけられちゃうだろ」

鋼太郎が『週刊フォトス』を掲げると、祥は新品のバッグをソファに叩きつけた。

「だからって、喪中みたいにおとなしくしてるのもおかしいですよね」

「う〜ん、喪中はやばい。藪蛇《やぶへび》だもんな」

祥は鋼太郎の隣に腰を下ろした。

「夫が失踪中の妻って、どうしたらいいんですか？」

「そんなの俺だってわかんないよ！」

「未亡人のほうが圧倒的に簡単な気がします」

「七年待てよ」鋼太郎は気楽に言い放つ。「七年経ちゃ、失踪届が受理される。そしたら晴れて未亡人だ」


同じ頃、冨貴江は都内の高級割烹《かっぽう》で、警察庁長官官房付の甲斐《かい》峯秋《みねあき》と向き合っていた。

峯秋が食事の手を止めて、冨貴江に提案した。

「いやあ、僕も気を揉《も》んでいてね……。まあ、君にとっては印象のよくないふたりかもしれんが、間違いなく役に立つ。それは太鼓判を押そう」

「とてもありがたいおことばですが……」

やんわりと辞退しようとする冨貴江に、峯秋が語りかける。

「小耳に挟んだんだけどね、所轄署の捜査を断ったそうだね。特権を利用するようなまねはしたくない、清廉でありたいという気持ちは大いに尊重するがね、このまま手をこまねいていては、それこそ手遅れになるんじゃないかね」

「こちらもただ手をこまねいているわけではありません。人を使っていろいろと調べさせています」

「成果は？」

「はかばかしい成果は……」

冨貴江が顔を伏せると、庭のししおどしが乾いた音を響かせた。峯秋が心持ち身を乗り出す。

「君の気持ちの負担を軽くするためにあえて言おう」

「はい」

「あのふたりには捜査権はないんだ。なので、警察から捜査という便宜供与を受けたと、杓子定規《しゃくしじょうぎ》に考えることはない」

冨貴江が軽く苦笑する。

「おことばですが、捜査権のない方を寄越されても……」

「話し相手になるよ」

「話し相手？」

「そう、ふたりと話をすればいい。まあ、直接的な捜査は無理でも、ふたりは君たちの話からなにか手掛かりをつかむに違いないんだ。とりわけ杉下右京は、そういうことにかけては図抜けてる。決して無駄じゃないよ」

熱心に特命係の協力を勧める峯秋に、冨貴江は曖昧《あいまい》な笑みで応じるしかなかった。

翌日、講義を終えて教授室に戻ってきた冨貴江は、廊下に杉下右京と冠城亘が立っているのに気づいて、思わずため息を漏らした。

「いらっしゃるならアポを取ってくださいな。どうぞ」

ドアを開けて教授室に招き入れる冨貴江に、右京と亘は会釈をして入室した。

「ご挨拶にうかがっただけなので」

右京が慇懃《いんぎん》に答えると、冨貴江は皮肉をぶつけた。

「挨拶だけなら、アポは不要だと？　どうぞ」

勧められたソファに腰を下ろして、亘が本音を述べる。

「事前に連絡なんか入れたら断られるのがオチですから。挨拶なんていらないわって」

冨貴江も特命係のふたりと対面して座った。

「今さらながら後悔するわ。甲斐さんの申し出を受けたこと」

「ええ。我々の協力を不承不承ご承知になったと聞きました」

右京がまったく動じずに応じ、亘が話題を振った。

「鬼束鐵太郎さんに関しては、たしかに特異行方不明者には該当せず、警察も特に捜査に乗り出さないのが通例です。まさに本家本元、国家公安委員会規則で特異行方不明者と認定するための条件が明確に定められていますもんね」

「定められたルールは厳格に運用すべきだと思います」

「法治国家に生きる以上、順法精神は大事です」と亘。

「義父は高齢者ですけど、あくまでも一般行方不明者。特別な配慮を受けるのは憚《はばか》られるんです」

「わかります」亘がうなずく。「まあ、そう堅苦しく考えず」

「そのように言われて、おふたりを受け入れたの。まあ、とにかくよろしくお願いいたします」

冨貴江が立ちあがってお辞儀をすると、亘と右京も従った。

「こちらこそ」「よろしくどうぞ」

「じゃあ、これでいいかしら？　挨拶済んだわ」

冨貴江がふたりを送り出そうとすると、そこへ「失礼します」と中迫が入ってきた。

「お客様でしたか。すみません」

「もう帰られるところ」冨貴江は中迫に言うと、特命係のふたりに向き直った。「わたしのゼミの子です」

「中迫です」

「警視庁の方」

冨貴江の紹介で、中迫は事態を理解したようだった。

「ああ……」

「どうも」

亘が気軽に挨拶をする横で、右京は会釈し、亘に提案する。

「お暇《いとま》しましょうか」

「ええ」

部屋から出ていこうとしたところで、右京がふと立ち止まり、手を打った。左手の人差し指を立てて、冨貴江を振り返る。

「あっ、ひとつだけ。『週刊フォトス』の記事はご覧になりましたか？」

「ええ」

作り笑顔で身構える冨貴江に、右京が訊いた。

「記事の中に、お部屋のリフォームと離家《はなれや》の建築を、鬼束鐵太郎さん蒸発直後になさったとありますね？」

特命係の右京と亘は、その足で鬼束邸を訪問した。右京が興味を示したのは、広大な庭の一角に新しく建てられた離家だった。右京の要請を受け、祥がふたりを案内した。ドアを開けると、四方の壁に棚がしつらえられており、整然と縄文土器が並べられていた。この離家は土器の収蔵庫となっていた。見事な土器に息を呑むふたりに、祥が説明した。

「冨貴江さんのコレクションです」

「だそうですねえ。しかし、これだけあると壮観です」

目を輝かせる右京の横で、亘が確認する。

「コレクションルームとして、ここを造ったとか？」

「ええ」祥がうなずく。「増殖し続ける縄文土器を、もはやお屋敷だけでは手に負えなくなったので」

離家を見たあと、三人は母屋に戻った。大広間に入ると、ひとりの男性がソファに座って待っていた。

「鋼太郎さん……いつ？」

男は祥の問いには答えず、特命係のふたりに挨拶をした。

「鬼束鋼太郎です」

「冨貴江さんのご主人です」祥が補足する。

「冨貴江がお世話になってるそうで、すみません」

「いえ、とんでもない。警視庁の杉下です」

「冠城です」

祥は鋼太郎のもとに歩み寄った。

「どうして帰っていらしたんですか？」

「ん？　冨貴江から連絡があってね。とーっても強引なおふたりが家に行くから、祥に加勢してやってくれって」

鋼太郎の物言いを、右京は意に介することもなく、「お忙しいところ恐縮です」と受け流すと、亘が質問した。

「鋼太郎さんは、〈鬼束学園〉の副理事長であり、〈成林大学〉の学長さんでしたよね？」

「ええ。おかげさまで、突然女房に言われて帰宅できるぐらい暇なんですよ、副理事長職も学長職も」鋼太郎は自嘲すると、祥に訊いた。「コレクションルーム、見てきたの？」

「ええ」

鋼太郎は特命係のふたりに向き直り、「妻は縄文人に崇拝の念を抱いていましてね。あっ、まあ、そんなことより祥に訊きたいことがあるとか？　まあ、座りませんか」

鋼太郎に促され、四人はソファに腰を下ろした。祥が鐵太郎の失踪当日の状況を語った。

鐵太郎はその夜、夕食のあと、軽い外出着を身にまとい、ライトを首からさげて、散歩に出たのだという。食後の薬を飲み忘れていたので、祥が薬とミネラルウォーターを持って鐵太郎を追いかけ、玄関を少し出たところでつかまえた。その場で薬を飲ませ、

「気をつけてね」と送り出したのが、鐵太郎の姿を見た最後であった。

祥の話が終わると、右京が確認した。

「夕食後の散歩は、日課だったわけですね？」

「そうです。家にいるときは必ず」

「ちなみに、飲み忘れてた薬って？」と亘。

「血圧のお薬です。年寄りですから血圧高いのは、ある程度仕方ないですけど」

「あなた、看護師さんだそうですね」

亘の問いかけに、祥はうなずいた。

「結婚するまで勤めてました」

「だから、安心して親父を任せていられましたよ」

鋼太郎が話に加わると、右京が再び祥に確認した。

「いつものように、夕食後の散歩に出かけた鐵太郎さんでしたが、その日はいつになっても帰ってこなかった」

「そうです」

鋼太郎が詳しく付け加える。

「祥から連絡を受けましてね、慌てて帰宅したんですが、ちょうど妻も帰宅したところで、親父の携帯に電話をしても、ずっと出ないと。もしかしたら、事故にでも遭ったたんじゃないかという話になりました。親父の散歩コースはおおよそわかっていましたから、たどってみようということになったとき、祥が青ざめた顔でやってきて……」

「家出かもしれない、と気づいたんです」

祥があとを引き継いで事情を述べると、右京が確かめた。

「鐵太郎さんの旅行鞄といくつかの衣類がなくなっていたわけですね」

「ええ」鋼太郎が想像を働かせた。「たぶん、事前にガレージにでも衣類を入れた鞄を隠しておいて、あの夜、いつものように家を出てから、鞄をピックアップして行方をくらませたんじゃないかと」

「なるほど」

右京がうなずいたところで、亘が言った。

「いずれにしても、家出の痕跡があるならば、特異行方不明者と認定できないから事件性は薄く、警察としては待つしかありませんね」

「それでも、警察は届けを出した直後、捜査してくれるって言ったんですよ。それを妻が断っちまって……。まあ、昔からそういうとこ、融通の利かない奴なんで」

鋼太郎は不満げだった。右京は亘と顔を見合わせ、祥に訊いた。

「届け出のときにもおっしゃっていたようですが、鐵太郎さんの家出の理由はわからない？」

「ええ……」祥が顔を曇らせた。

「今もって？」

「わかりません」

祥がうなだれると、鋼太郎はソファから立ちあがって、力説した。

「皆目見当がつきません。まあ、親子といっても所詮《しょせん》は他人。今、それを猛烈に実感してます」

「そうですか」

右京は思案顔で相槌《あいづち》を打った。

三

青木年男が特命係の小部屋の中に築いた自分のスペースでひとりパソコンに向かっていると、捜査一課の芹沢慶二《せりざわけいじ》が暖簾を掻《か》き分けて、顔をのぞかせた。

「ちょっとツラ貸して」

青木がコーヒーカップを持って暖簾をくぐると、同じく捜査一課の伊丹憲一《いたみけんいち》がテーブルに尻をのせていた。

「特命係のご両人はお出かけ？」

「ここじゃなかったら、そうじゃありませんか」

青木の気のない返事に、伊丹が高圧的に迫る。

「とぼけるな！　田園調布《でんえんちょうふ》の鬼束邸じゃねえのか？」

「知ってたら、訊かないでくださいよ」

「鬼束鐵太郎失踪の捜査に、ふたり、駆り出されたんだって？」

芹沢がかまをかけても、青木の返事は素っ気なかった。

「だったらなにか？」

「純粋に行方不明者の捜索？」

今度は伊丹が訊いたが、青木は「はあ？」ととぼけた。

「つまりさ……警部殿のことだろ。なんか違った目論見でもあるんじゃないかってさ」

伊丹が腹の内を明かすと、青木はコーヒーをカップに注ぎながら、さらっと言った。

「殺しを疑ってるんじゃありませんか？」

「なにっ？」

「鬼束鐵太郎はもう死んでるだろうって。そもそも、年寄りが若い後妻もらって長生きできるはずがないって言ってましたよ」

そう言いながら自分のスペースに帰っていく青木の背中に、芹沢が声をかけた。

「杉下警部が？」

「はい」

振り返りもせずに答えた青木は、まさか自分が噂されているとは思ってもいなかった。

噂をしていたのは、警視庁副総監の衣笠藤治《きぬがさとうじ》だった。衣笠は甘味処であんみつの器を前に、青木のことをこう評した。

「あいつは、ろくでなしのできそこないです。決して頭は悪くないが……。例えば、ひと言で奴を形容するならば、『できが悪い』とこうなる」

隣で一緒にあんみつを口に運んでいた甲斐峯秋が手を止めて笑った。

「僕にはそれを否定する材料も肯定する材料も持ち合わせがないからね。なんとも言えないが、生まれたときから彼を知ってる君がそう言うんだ。間違いはなかろう」

「親友の息子ですからね」

峯秋は衣笠の意図を推し量った。

「それ以上の存在じゃないのかね？　君にとって彼は。そうじゃなきゃ、前回の事件のあと、彼に避難場所を提供してくれと、この僕に頭をさげたりはしないだろう」

「要望を聞き入れていただいて感謝しています」

衣笠は肯定も否定もしなかった。峯秋は口直しに日本茶をすすった。

「できの悪い子ほど可愛い。僕もその気持ちはわかるよ」

そう語る峯秋の脳裏には、不祥事を起こして特命係を去った息子、享《とおる》の顔が浮かんでいた。

同じ頃、警視庁の刑事部長室では、刑事部長の内村完爾《うちむらかんじ》が、参事官の中園照生《なかぞのてるお》から報告を受けていた。

「殺しだと？」

「はい。実はそれを疑って捜査をはじめたようです」

興味を抱いたようすの内村に、中園が背後に回り、上着を着せかけた。

「やはりな。令状の請求など、捜査上の手続きが必要になった場合は協力してやってほしいと甲斐峯秋が言い出したから、なにか裏があるんじゃないかと睨《にら》んでいたが、やはりそうだったな」

「当面、こちらはどう動きましょう？」

うかがいを立てる中園に、内村は瞳を暗く輝かせた。

「まずは静観だ。特命が成果をあげてからでも遅くはない」

その夜、右京と亘が行きつけの小料理屋〈花の里〉を訪れると、女将《おかみ》の月本幸子《つきもとさちこ》が「いらっしゃいませ」と笑顔で出迎えた。それに続いて、カウンターに座って料理に箸をつけていた風間楓子が「おかえりなさい」と顔をあげた。

「ただいま」亘はとっさに応じ、「いいですね、なんかこういう会話。ほっこりします」と笑った。

右京と亘に飲み物とお通しが供されたところで、楓子が話を切り出した。楓子は昼間、〈成林大学〉でふたりを見かけたのだった。

「どんなご用事で？」

探りを入れる楓子に、亘が切り返す。

「君は？」

「それは、第二弾に期待してください」

「第二弾なんてあるの？」

「当然ですよ！」楓子が推理を働かせる。「っていうか、第二弾で通じるってことは、鬼束鐵太郎さんの奥様の記事が念頭にあるってことですよね？　つまり、おふたりもそれに関連して〈成林大学〉を訪れた。ずばり、鬼束鋼太郎学長か、その奥様の三上富貴江教授に会いに。当たり？」

顔を寄せて反応をうかがう楓子に、亘は「ノーコメント」ととぼけてみせた。

しかし、楓子は確信したようだった。

「ほぼ当たり。おふたりがわたしの追いかけてるネタに登場してきたってことは、なんかもっとどでかいネタが潜んでるってことですよね？　とっても興奮するんですけど！」

楓子が目を輝かせると、亘が冗句《ジョーク》でかわす。

「女性を興奮させられるなんて光栄です」

「どんなネタか、チラッと」

「そっちの第二弾ってどんなの？　チラッと」

腹の探り合いをする楓子と亘に、カウンターの中から幸子が微笑《ほほえ》みかけた。

「どちらもチラッとお願いします。大丈夫！　口の堅さには自信があります」

ここまで黙ってやりとりをうかがっていた右京が、再び料理に箸をつけはじめた楓子に向かって言った。

「ああ、三上教授があなたの記事に憤慨なさっていましたよ」

「憤慨……。たしかに、三上富貴江さんにとっても愉快な記事じゃないでしょうね」

「とりわけ、大広間のリフォームと離家の建築が鬼束鐵太郎さん蒸発直後におこなわれたというくだり」

「えっ？」

箸を止めた楓子に、右京が富貴江のことばを突きつけた。

「悪意を感じると」

「よからぬ連想をさせるよね、わざわざああいう書き方は」

亘が補足すると、幸子も同意した。

「わたしもあれを読んで、ちょっと不謹慎なことを思い浮かべてしまいました。ああいうのって、人の心の邪悪な好奇心を刺激しますよね」

「ええ」右京がうなずく。「決して嘘を書いているわけではないものの、読み手のよこしまな連想を喚起するという意図をもって書かれたことは明白で……。だからこそ、悪意を感じるとおっしゃっていました」

楓子は神妙な顔で料理を口に運ぶ。

「まあ、さまざまなご批判のあることは重々承知しています」

「たしかに直後のリフォームと建築だったそうですが、計画は鬼束鐵太郎さんが行方をくらませる前からあったそうですよ」

右京がそう言うのは、〈成林大学〉を訪れた際、冨貴江と特命係のふたりの間でこんなやりとりがあったからだった――。


「二日前だったと思います。業者に発注したのが」

離家の建築について尋ねられた冨貴江がこう答えると、右京は「そうでしたか」と納得した。

さらに冨貴江が、「なんなら、業者からもらった受注書、ご覧になります?」と持ちかけると、右京はさも当然のように「ええ。ぜひ」と求めたのだった。

「本当に見ます？」

「見せていただけるとおっしゃったので」

右京の図々しさに呆れる冨貴江に、亘が説明した。

「この人に、社交辞令的言辞は通用しませんよ。今の会話、通常ならば『お見せしましょうか？』『いえいえ、それには及びません』ってとこでしょうけど」

「つまり、疑ってらっしゃるってことですよね？」

冨貴江がむっとしたので、亘はこう答えた。

「疑うのは警察官の習性です。あっ、もっとも、この人の場合、人一倍疑い深いのも事実です」

右京は亘の評価が気にくわないようだった。

「見せてくれるとおっしゃるから、見せてくださいと言っただけなのに、随分な言われようですねえ。そう思いませんか？」

初対面の特命係の変人警部から突然同意を求められて、同席していた中迫は戸惑うばかりだった――。

要するに、冨貴江を憤慨させたのは楓子よりもむしろ右京だったのだが、亘はあえてそのことには触れなかった。

その頃、鬼束邸の書斎では、鋼太郎が執務机の豪華な椅子にふんぞり返って、右京と亘のことを話していた。

「あのふたり、なんだか気持ち悪いなあ」

祥が書架に並んだ蔵書の背を見ながら応じた。

「行方を捜さなくてもいいって言ってるのに、しつこいですね、警察は」

「みーんな、冨貴江のせいだよ。あいつが国家公安委員なんかやってるから、周りが放っておかないのさ」

「想像以上に偉かったんだって、今回改めてわかりました」

感心顔の祥に、鋼太郎が説明する。

「そりゃ、日本の警察組織を束ねる警察庁を指導監督するのが、国家公安委員会だからね。国家公安委員っていうのは特別国家公務員で、年間報酬は二千三百万以上ある。委員長は国務大臣、委員会は組織的には内閣府の外局になるから、いわば総理直轄ってわけだ。そりゃ、あちこち余計な気を使ってくれるさ」

「ありがた迷惑」

祥がひと言で切り捨て、椅子に腰を下ろすと、鋼太郎が深くうなずいた。

「ありがた迷惑」

そのとき、書斎のドアが開き、帰宅したばかりの冨貴江が入ってきた。

「ここにいたの……」

祥が慌てて立ちあがり、今の会話を聞かれていなかったかと取り繕う。

「おかえりなさい」

「ただいま」

一方の鋼太郎は取り繕いもしなかった。

「なんで断らなかったのさ？　捜査なんて必要ないって。所轄署のだって断ったんだから……」

「あのふたりは特別なの」

冨貴江がうんざりした顔になった。

「特別？」

「甲斐峯秋の子分だから」

「甲斐峯秋とまだ続いてるの⁉」

驚いたようすの鋼太郎に、冨貴江が言った。

「続いちゃいないわよ。でも立場上、接点があるわけだから、仕方ないでしょ」

「正直、気が気じゃありません。警察の人にウロチョロされたんじゃ……」

祥が訴えかけると、冨貴江はきっぱりと告げた。

「大丈夫よ。たとえどんなに疑われたところで、最終的には遺体《ボディ》が出なきゃ、警察は手も足も出ない」

四

翌日、甲斐峯秋は警察庁の自室に右京と亘を呼び、情報を提供した。それは先日の国家公安委員会の定例会でのできごとについてだった。

「定例会の最中に？」

訊き返す右京に、峯秋が詳しく語った。

「しつこく電話が入ったそうなんだよ。いや、僕は当日、会議に出席した官房長から話を聞いたんだが、全員、それについては認知してるそうだ。鑓鞍先生が突如、お耳自慢をはじめたので、みんなの記憶に強く残ったそうだ」

「お耳自慢？」

聞き慣れないことばに、亘が反応した。

特命係のふたりはすぐに鑓鞍にアポを取り、衆議院議員会館の執務室を訪れた。

亘が「お耳自慢」の話を振ると、鑓鞍は嬉々として話しはじめた。

「そう、耳がね、驚異的なんだ。あたしの耳がさ」

すかさず亘が持ちあげる。

「お聞きしました。うらやましい限りです」

「むやみにたむろする若者たちを撃退するために、モスキートーンを流し続ける装置があるの、知ってる？」

「公園やコンビニの前なんかに導入されたりしているようですね」

「うっかりそんなとこ行くと、あたしも退治されちゃうわけ」

そう言うと鐙鞍は、愉快そうに笑った。愛想笑いをする亘の隣に座った右京が、真面目な顔で切り出した。

「先生のお耳のよさと、それにまつわる苦労話はいったんおくとして……」

「これって……捜査？」

質問を向けられた亘は、「まあ、似たようなもんです」と答えた。

「似たようなもんって……」鐙鞍は再び声を出して笑い、「甲斐さんのとこの若い衆は愉快だねえ。繰り返し何度もかかってきてたのは、普通じゃなかったなあ。だってさ、普通なら伝言を残して、折り返し来るのを待つでしょ？　出ない以上、出られない状況にあるってことなんだからさ」

当時の詳しい事情を聞き、右京が疑問を呈した。

「おっしゃるとおり。ですから気になるんですよ。なぜ鬼束鐵太郎さんは、しつこく何度もかけてよこしたのか？　ひょっとして、そのあとに行方をくらましたことになにか関係があるのではないかと……」

　座っていた鐙鞍が立ちあがって窓際に移り、外を見ながらぽつんとつぶやいた。

「本当に鬼束鐵太郎からだったのかなあ？」

「はい？」

「いや、電話の主がさ」

「どういうことです？」

　好奇心を刺激されたようすの右京に、鐙鞍はとっておきのエサを投げ与えた。

「冨貴江ちゃんは、親父さんからの着信だって言ってたんだけど、実は違ったんじゃないかなあ。だって、あんな対応しないと思うんだよ。『あなたなの？』ってさ」

「どういうことです？」

「いやね、冨貴江ちゃんは廊下に出てから電話に出たんだけど、ドアが閉まりきる直前に聞こえちゃったんだよね、ほら、耳がいいもんだから。それが、意外そうな感じでさ……。義理の父親相手にそんな言い方せんでしょう」

　議員会館を辞したふたりは、警視庁に帰る道すがら、鐙鞍から聞いた話を検討した。

「意外そうに『あなたなの？』ってことは、三上女史も出るまで、鐵太郎さんからの電話だと思ってたってことですよねえ。みんなに嘘を言ってたわけじゃなくて」

亘がそのときの冨貴江の心情を分析すると、右京は推理を語った。

「おそらく、ディスプレイには鐵太郎さんの名前が表示されていたのでしょう」

「ところが、出てみたら鐵太郎さんじゃなかった」

「ええ」

「もうひとつ」亘が分析を進める。「『あなたなの？』って問いかけは、鐵太郎さんではないが、知っている人からだって考えられますよね」

右京がそれを受けて語った。

「すなわち、三上女史の知り合いの何者かが鐵太郎さんの携帯からかけていたという可能性が浮上しますねえ」

特命係の小部屋に戻ってくると、亘はホワイトボードに、鬼束家にまつわる項目を時系列で書き出した。

鬼束鐵太郎および鬼束家に関して
六月七日（木）　国家公安委員会定例会
六月八日（金）　リフォーム建築業者発注

六月十日（日）　鐵太郎家出
六月十一日（月）　行方不明者届提出
七月十二日（木）　工事開始
七月三十日（月）　リフォーム完了
※
八月六日（月）　離家完成

ホワイトボードを眺めながら、右京が言った。

「こうして見ると、たしかに工事の発注は、鐵太郎さんが行方をくらます前なんですがねえ」

亘が最初の行を指差す。

「この六月七日の定例会での件が気になりますね」

「ええ。鐵太郎さんの携帯から、本人ではない人物がかけてきたとなると、いささか……」

そこへ伊丹と芹沢が入ってきた。伊丹は特命係をからかうために、独特の抑揚で「特命係の何々」と呼ぶのを習慣にしていたが、今回はなにも思いつかなかったのか、「特命係の……」のあとしばし考え、「まあいいや」と諦めた。

芹沢は「いいんですか、それで」と先輩を振り返ってから、亘に鬼束邸リフォームの受注書のコピーを手渡した。

「行ってきたよ。間違いないね。日付も内容もなにもかも」

「ありがとうございます」

お辞儀をして受け取る亘に、伊丹が大きなため息をつく。

「こんなもん、てめえらで確認しろよ」

「そうしたいのはやまやまなんですが、我々、捜査権がないもんで。ね？」

亘から同意を求められ、右京は真剣な表情で「ええ」と答える。

「はっ……。聞いた？」

呆れ顔の伊丹に、芹沢は「ねえ？　悪魔ですね、このふたり」と応じて、亘に補足説明をした。「ちなみに言うと、離家の建築の話は前から進んでたけど、リフォームのほうは急遽《きゆうきよ》、ねじこまれたらしいよ」

「ん？」

「費用はいくらかかってもいいからって、見積書なんかもほとんどスルーだったってさ」

「急遽、金に糸目をつけず……」

亘がつぶやく横で、右京は「なるほど」と納得している。

　伊丹が右京に向き合った。

「とにかく、とっとと殺しの証拠を挙げてくださいよ。警視庁一同、大いに期待してるんですから」

「殺し？」

「……なんでしょ？」

「僕は殺しだなんて、ひと言も言ってませんよ」

　右京が否定したので、芹沢が驚いた。

「えっ？　だって杉下さんの予測では、鬼束鐵太郎、もう死んでるんでしょ？　若い後妻をもらった老人だから……」

　途中で青木に謀《たばか》られたことに気づいた芹沢と伊丹は、青木のこもるスペースにかかった暖簾を睨みつけた。右京と亘も、青木が勝手に殺人という憶測を広めたことを知り、同じように暖簾を睨んだ。

　と、会話を聞いていたのか、視線を感じたのか、暖簾の奥から青木の声が聞こえてきた。

「みんな、こっち睨んでるんでしょ？　わかってますよ。だって杉下さん、『なるほど』って言ったじゃありませんか！　あれは僕の見解に同意して、それを強く支持するって意思表示でしょ？」

「そんな深い意味はなく、むしろ軽い相槌のつもりだったんですがねえ」

右京の反論に、青木の声量があがる。

「今さらそんな言い訳、通りませんよ！」

伊丹が暖簾を掻き分けて、パソコンに向かう青木に怒鳴った。

「コラ、青木！　てめえ、いい加減なこと、言いやがって！」

「そもそも、青木の言うことを真に受けるほうがどうかしてますけど」

亘が伊丹を揶揄《やゆ》すると、青木が嚙《か》みついた。

「なにげに僕をディスるな、冠城亘！　今は仲間だろ！」

「ああ、そうだ。お前は、今は特命係だぞ！　特命係に流されてきたくせに……なんだ？　これは、お前。『サイバーセキュリティ対策本部分室』？」

暖簾を乱暴に払う伊丹に、青木が抗弁する。

「それ、模様です！」

「ああ？」

「文字として読むのは勝手ですが」

「てめえ、この野郎……」

青木にからかわれ、頭に血がのぼった伊丹を、芹沢が制した。

「先輩！　怒るだけ、エネルギーの無駄っすよ」

右京は茶番にはつきあわず、亘に話しかけた。

「しかし、こうなると、殺人の線も満更でもなくなってきましたかねえ」

「いろいろ怪しくなってきましたね」

亘はホワイトボードに赤字で「リフォームは急遽発注」と書き足した。


右京と亘は、再び鬼束邸を訪れた。広大な庭の片隅にある竹林を祥に案内してもらったあと、邸宅に戻りながら事情を聞く。聞き役は亘だった。

「鐵太郎さんとは、やっぱり病院で知り合ったんですか？」

「最初は普通に患者と看護師です」

「それがどうして恋愛に？　しかも結婚まで」

祥は苦笑して、「ずけずけ訊きますね」

「警察官の習性です。もっとも、これは個人的興味なので、無理にお答えいただく必要はありませんが」

「退院が近くなったとき、病院辞めて、私設の看護師になってくれないかって言われて」

「それで、この屋敷に入った？」

「最初は百パーセント仕事です。通いでしたし。でもそのうち、部屋はいくらでもあるし、住みこんだらどうだって言われて、それもありか……なんて思って住みだして。恥ずかしいから、以下略。まあ、そんなこんなで今日《こんにち》を迎えてるって感じです」

さばさばと答える祥に、亘が攻めこむ。

「略されたところ、最も聞きたい気がしますが」

「そこは男女の秘めごとってことで……」

「自粛します」

ここで右京が会話に加わった。

「ところで、行方不明者届を出された際、おっしゃっていたようですが、鐵太郎さんは姿を消す前日と前々日、つまり六月八日、九日の二日間、珍しくお風邪を召して臥《ふ》せっていらしたそうですねえ」

いきなり話題が変わったので、祥は戸惑いながら「はい」と答えた。

「曜日で言うと、金曜と土曜。ひょっとすると土曜日はオフだったかもしれませんが、少なくとも金曜日はお仕事だったはずですねえ。いや、お立場上、土曜日なども仕事以外のご予定などがあったり……。いずれにせよ、それらの予定のキャンセルなど、細々《こまごま》連絡する必要があったと思うのですが、それはどなたがなさったのでしょうねえ？」

「本人がしてたと思いますよ。ちょっとした発熱でしたから」

祥の返答に、右京は大げさにうなずいた。

「あっ、なるほど。今は携帯がありますからねえ。まあ、起きあがる必要もなく外部と連絡ができますからねえ。ええ……」

三人が邸宅に近づいたとき、鋼太郎はテラスでドローンを飛ばしてはしゃいでいた。その姿を、亘が皮肉った。

「本当にお暇なんですね」

鋼太郎は笑って受け止めると、「こう見えて、私、新規事業を企画立案中なんですよ。暇に見えて、頭脳はフル回転」と弁解した。

「それは、お見それしました」

「たいした教育理念もないのに、補助金目当てで学校経営なんてナンセンスですよ。今後、ますます子供の数も減るっていうのに」

大言《たいげん》を吐く鋼太郎に、亘が正面から質問した。

「ちなみにどんな事業を?」

「ああ、それはまだ秘密」

「隠されると、知りたくなるのが人の性《さが》。ましてや私は警察官なので、秘密ということばに過剰に反応します」

亘が探りを入れると、鋼太郎は笑ってごまかした。

「まあ、見ててください。そのうちわかりますよ。竹林はどうでした?」

「あんな自然が敷地内にあるなんて、うらやましい限りです」

「しかし、なんで竹林の中をご覧に？」

気になるようすの鋼太郎に、右京がしれっと答えた。

「なにか隠れてやしないかと思いましてね」

「はあ？」

「残念ながら、なにも隠れていませんでした」

右京はそう言うと、離家のほうへすたすたと歩きだした。

「えっ、ちょっと……それ、どういうこと？」右京の背中に問いかけても答えが返ってこないので、鋼太郎は亘に訊いた。「どういうこと？」

「さあ、私もわかりません」

亘はそうとぼけて右京のあとを追った。鋼太郎と祥も戸惑いながら、あとに続いた。

離家の前で右京に追いついた鋼太郎が、再び特命係の変人警部に質問する。

「ねえ、隠れてるってなにが？」

右京は答えず、別の質問を繰り出した。

「この離家の建築に便乗するように、大広間をリフォームなさったのはどうしてですか？」

「えっ？」鋼太郎は一瞬頬をこわばらせ、「いや、質問に答えてくださいよ！」

「こちらの質問にもお答えいただけませんかねえ?」

「こっちが先!」

鋼太郎が駄々っ子のように主張すると、変人は意表をつく提案をしてきた。

「ならば、じゃんけんで」

「えっ?」

「最初はグーでいきましょうか?」


その夜、鬼束邸の大広間で、その報告を受けた冨貴江は声を荒らげて夫に迫った。

「で、なんて答えたの?」

「覚えてない」

鋼太郎の答えに冨貴江は戸惑った。

「覚えてない⁉」

「予想もしてなかった質問されて、答えを迫られて、パニックになった。俺、なんて答えた?」

鋼太郎から助けを求められた祥は、申し訳なさそうに「ちょっと説明しづらいです」と返した。「しどろもどろでまったく要領を得なかったというか、理解不能というか……」

　冨貴江は呆れるしかなかった。

「だらしない！　もう、そんなの適当に答えればいいじゃない！　前々から考えてて、ちょうどいい機会だったとか……。なに言ったって否定のしようがないんだから！」

「俺はお前みたいにツラの皮が厚くないんだよ！　ツラの皮が厚い上に尻も軽いなんて、お前は素敵な女だな！」

　鋼太郎から思わぬ反撃を受け、冨貴江は頭を抱えた。

「ああ……」

　鋼太郎が嵩《かさ》にかかって言い募る。

「それより甲斐峯秋に言って、あのふたり、とっとと引き揚げさせせろ！」

「無理よ。そんなことを言ったら、疑ってくださいって言ってるようなもんじゃないの！　わからないの？」

　鋼太郎がことばを詰まらせると、今度は冨貴江がまくしたてる。

「いい？　こっちはね、あなたの尻拭いしてあげてるのよ」

「おい、ちょっと待てよ！」

「そうでしょう？　おためごかしを言ってるけど、今回のことは全部自分のためじゃない！　お義父様が邪魔だったからでしょう？　ロクでもない新事業に猛反対された揚げ句、副理事長も学長も解任されかかってたくせして、なに言ってんのよ！」

妻のことばに、鋼太郎がいきりたつ。

「人の事業をつかまえて、ロクでもないとはなんだよ、ロクでもないとは！　俺の事業はな……」

「うるさい！」冨貴江は聞く耳を持たなかった。「それより、向こうはなんて答えたの？」

「向こう？」

「竹林になにが隠れてると思ってたの？　あの人たちは」

冨貴江から訊かれた鋼太郎は、悔しそうに罵った。

「本当むかつくよ、あいつら！」

鋼太郎が答えないので、冨貴江は祥に目を向けた。

「小動物です」

実際には、右京はこう答えたのだった。

——例えば、タヌキやキツネ、場合によったらリスとか……。これだけの自然のあるお屋敷なので、犬猫とは違った小動物たちが隠れてやしないかと思いましてね。

一言一句を思い出し、鋼太郎の怒りが再燃する。

「人をおちょくりやがって！」

冨貴江は顔をしかめたが、すぐに冷静になって室内を見回した。

「とにかく、うろたえたら駄目。毅然《きぜん》としてて。大丈夫よ。もう痕跡はないんだから」

「遺体は大丈夫だろうな？　黙ってたら、あのふたり、どんな無茶するかわかんねえぞ」

鋼太郎の脳裏には、特命係の憎いふたりが居座っていた。

翌日、捜査一課の伊丹と芹沢は〈成林大学〉を訪れた。〈鬼東学園〉理事長だった鬼東鐵太郎の部屋に向かっていると、理事長室から鋼太郎が出てきた。廊下ですれ違ったあと、芹沢が訊いた。

「いまの、息子でしょ？」

「ああ。鋼太郎だな」

伊丹が振り返って答えた。

その後、ふたりは鐵太郎の女性秘書に会い、用件を伝えた。

「理事長さんの件でちょっと調べてるんですが」伊丹が話を切りだす。

「六月八日の金曜日、理事長さん風邪を引いて、ご自宅で臥せってらっしゃったんですが、その日のことを」

芹沢に求められ、秘書がタブレット端末を操作しはじめた。

「ちょっとお待ちください。確認します。六月八日……」

伊丹がさらに付け加えた。

「ああ、それから、翌日の土曜日もたぶんご予定あったと思うんですが、それも教えていただければと」


大学から警視庁に戻った伊丹と芹沢は、特命係のふたりと捜査情報を共有した。

「鐵太郎さん本人から?」

亘が確認すると、芹沢が「携帯でね、連絡あった」と答えた。伊丹が言い添える。

「ただし肉声じゃない。メールで連絡してきたそうだ」

「メールか……」

「翌日はゴルフの予定が入っていたそうなんですが、それをキャンセルしてくれという連絡もメールだったそうです」

伊丹の報告を受け、右京がまとめる。

「つまり、鐵太郎さんの携帯からであることは間違いないけれども、それが本人からだったという確証はない、ということですね」

亘がホワイトボードに向かった。

「この六月七日の件も含めて、八日、九日、そして十日に行方をくらますまでの鐵太郎さんの存在が、なんだかとても希薄ですね」

「ええ」右京が認めた。「存在の証拠が本人の携帯からの文字と、ご家族の証言しかありませんからねえ」

と、暖簾から青木が顔を突き出した。

「だから、死んでるって」

「お前は黙ってろ」

亘が青木を軽くいなした。


捜査一課のフロアに戻った伊丹は、中園にかけあった。

「家宅捜索か……」

難色を示す参事官に、伊丹が特命係の意向を伝える。

「令状を取ってほしいと」

「離家が怪しいって言うんですよ。そこに遺体が隠されてるだろうって」

芹沢にそう言われ、中園は悩んだ。

「まあ、遺体が出なければ話にならんからな。必要ならば、取るしかなかろうが……」

「ただ、厄介なのは、遺体は離家の基礎工事の最中に埋められてしまったんじゃないかって……」

伊丹のことばを聞いて、中園は目を丸くした。

「じゃあ、なにか？　離家を破壊しろってことか⁉」

中園は右京と亘を刑事部長室に呼び出し、改めて訊いた。

「鬼束邸の離家を破壊するつもりなのか？」

「ええ」

迷いなく答える右京に、中園は声を張りあげた。

「『ええ』なんて軽く言うな！」

「令状があれば、建物破壊も可能でしょう？」

亘が訊くと、中園は苛立《いらだ》ちを露《あら》わにした。

「無論可能だが、そういう問題ではない！」

「まがりなりにも、国家公安委員の自宅だろう？」

内村が否定的な見解を口にすると、中園も便乗した。

「しかも、建てたばかりのコレクションルームだっていうじゃないか！」

「令状を執行するんだから、あとのことはあずかり知らん。つまり、壊しっぱなしだ。国家公安委員の新築の離家をぶち壊して知らん顔だ。それでも遺体が出りゃいいぞ。万が一出なかったら、すみませんではすまんだろう！　シャレにならん！」

話を打ち切ろうとする内村に、亘が抵抗する。

「ご心配なく。出ますよ」

「なぜ言い切れる?」

中園が迫ると、亘はおごそかに言った。

「杉下右京が……首をかけてますから」

「なに?」「首だと?」

驚いたのは中園と内村だけではなかった。右京も意外そうに「はい?」と返した。

「出ますよね?」亘が右京に確認する。

こうなっては右京もあとには引けなかった。

「もちろん」

内村の顔色が変わった。

「ほう、首をかけるほど自信ありということだな?」

「ええ。出ますよ。離家を壊せば遺体は出ます。必ず」

右京のことばは、自分自身に言い聞かせているようだった。

「意気ごみではなく、本当にことばどおり首をかけるんだな?」

刑事部長の念押しに答えたのは、右京ではなく亘だった。

「当たり前じゃないですか」

右京は横目で相棒を睨みつけた。

刑事部長室から出ると、亘は右京をなだめにかかった。

「ああでも言わなきゃ、腰が引けちゃって、令状取ってくれませんよ」

右京は苦笑し、皮肉たっぷりに応えた。

「相変わらずの君の機転には敬服します」

「しかし、想像以上に杉下右京の賞金首には価値があるんですね」

亘は悪びれもせずにつぶやいた。


副総監室にやってきた内村と中園から報告を受けた衣笠は、決断を下すにあたって慎重に事態を考慮した。

「相手が誰であれ、犯罪が疑われるのであれば、正式な手続きをもって対処すべきだが、知ってのとおり、国家公安委員といえば、政権にも近い人物だ。なめてかかると大火傷《おおやけど》しかねん」

「はっ！」

かしこまる中園の隣で、内村は「ごもっとも」と追従した。

「まあ、それはさておき……。遺体が出れば国家公安委員を下手人にでき、出なければ杉下右京の首を刈れる、か……。どちらにしても面白いね」

衣笠がにやりと笑う。

「はっ！」「ごもっとも！」

今度も中園はかしこまり、内村は追従した。

五

翌朝、右京が特命係の小部屋にやってくると、青木が待ちかねたように自分のスペースから出てきた。そして、右京の前に「誓約書」と書かれた一枚の紙を掲げ、「サインください」と要請した。

すでに登庁してコーヒーを淹《い》れていた亘が紙片を奪い取り、そこに打ち出された文面を読みあげる。

「『私は鬼束邸離家捜索において鬼束鐵太郎の遺体の出現なき場合、現職を辞することを誓います』」

青木が右京と亘に説明した。

「副総監からしっかりもらっておけと。急ぎ作成しました」

亘は複雑な顔で誓約書を右京に渡すと、「やったじゃないですか。これで間違いなく令状を取ってもらえますよ」とおどけてみせた。しかし、右京の反応がないので、取り繕うように、「ペン、ペンです」と自分のボールペンを差し出した。

右京は憮然《ぶぜん》とした表情のまま、ペンを受け取ると、「平成三十年八月十日　警視庁特命係係長」の文字の横に、丁寧に署名した。

同じ頃、副総監の衣笠は国家公安委員長の鑓鞍に電話をかけていた。

「先生は委員長ですから、この件に関しては、お耳に入れておいたほうがよろしいかと思いまして」

――そう。ありがとね、わざわざ。あたしの耳は特別だよ。

鑓鞍の冗談とも本気とも判断のつかない答えが返ってきた。

三上冨貴江は〈成林大学〉の講義室で、大学生を前に厚生経済学の講義をしていた。

「競争均衡はパレート効率的であるという、厚生経済学の第一定理が直観的に理解できるでしょう。こうして、さまざまなパレート効率的な配分を表す点を連ねていけば……」

このとき足元に置いたトートバッグの中のスマホが振動した。視線を落とすと、ディスプレイには「鬼束鐵太郎」の文字が表示されている。

冨貴江は早めに講義を切りあげると、鋼太郎に電話をかけた。

「ちょっと、どういうつもり⁉」

──俺からの着信じゃ出ないだろ、どうせ！　そんなことより、やっぱり言ったとおりだぞ、あのふたり。

このとき、鬼束邸には特命係のふたりをはじめとして、捜査一課の刑事たちや鑑識課の捜査員など、大勢の警察官が押しかけていたのである。

冨貴江が急いで帰宅したときには、鬼束邸の敷地に重機が運びこまれ、鑑識員たちによって離家の中の縄文土器が運び出されているところだった。

妻の姿を認めた鋼太郎が、諦めたような口調で言った。

「あっ、おかえり。早かったな。見てのとおりだよ」

作業のようすを眺めていた亘が振り返って、説明した。

「現在、鐵太郎さんのご遺体を捜しています」

伊丹が、鋼太郎と祥を目で示して、補足した。

「おふたかたにはすでにご確認いただいてますが、必要ならば……」

「どうぞ」

芹沢が「捜索差押許可状」を差し出した。

「死んでるっていうの？」

詰め寄る冨貴江に、右京が力強く応じた。

「ええ。家出などなさっていない」

「証拠は？」

「その証拠を見つけようとしているんですよ。遺体ほど、動かぬ証拠はありません」

鋼太郎が力の抜けた声で口を挟む。

「親父も爆笑だろうね、こんなこと知ったら。知らないうちに死人にされちゃってさ」

右京が鋼太郎に向き合った。

「大広間のリフォームについてお尋ねしたときの、あなたのしどろもどろの対応で、僕は確信したんですよ、鐵太郎さんはすでに亡くなっていると。そこで想像を巡らせた。離家の建築に便乗するように大広間のリフォームをした理由は、ずばり証拠の隠滅。もっと言えば、犯行現場の消滅。すなわち鐵太郎さんは殺されたのだろうと」

右京は鋼太郎の前から祥のほうへ歩きながら、自らの推理を滔々《とうとう》と語った。

「鐵太郎さんが姿を消したという日の数日前から、実はその生存が曖昧だったことも大いに怪しむべき点ですねえ。風邪で臥せっていたという六月八日、九日、鐵太郎さんは本当に生存していたのでしょうか？　していなかったと思いますねえ、僕は。そして、遺体の処理は、すでに計画中だった離家建築に便乗させる形でおこなった」

「想像力がたくましいのはそれなりに評価するけど、恥をかくだけよ。悪いことは言わない。中止しなさい！」

冨貴江が腕組みをし、高圧的に命じたが、右京は受け入れなかった。

「いいえ」

右京では埒《らち》が明かないと感じた冨貴江は、亘に言った。

「いいの？　あなたも一緒に恥かくのよ！」

「ご心配どうも」

「土器しかないわよ！」

「今のところ、そうですね」

亘が認めたとき、重機が離家の前へ運ばれてきた。

鑑識課の益子《ましこ》桑栄《そうえい》が、不安そうな顔で伊丹に確認する。

「おい、本当にいいのか？　こんなの普通じゃねえぜ。どこか一部分をぶっ壊すのはわかるが、下手すりゃ全壊させちまう」

「構わねえ」伊丹が離家を見つめながら答えた。「出るまで徹底的にやっていいって、中園参事官の許可が出てる」

益子は大きくため息をつくと、重機のオペレーターにゴーサインを出した。

「おい！　やってくれ！」

そして、新築されたばかりの離家の解体がはじまった。

数分後、甲斐峯秋は冨貴江からの電話を受けていた。

「正式な捜索である以上、家を壊しても国家賠償はなされないが……。ああ、無論、君がそれを不服として賠償請求訴訟を起こす権利はある」

——そう、それを聞いて安心しました、なんて言うと思います？　暴徒をふたり送って寄越した責任、重いですよ！

冨貴江の激高した声の背後からは、重機が離家を壊す騒がしい音が聞こえてきた。

「暴徒？　相変わらず辛辣《しんらつ》だねえ」

冗談めかして答えた峯秋の拳は、このとき強く握り固められていた。


しばらくして、離家の上物《うわもの》は取り壊され、基礎部分のコンクリートがむき出しになった。益子はひととおり基礎部分を検《あらた》め、右京と亘に言った。

「特に異変はねえみたいだな。遺体なんか埋まってりゃ、変色したりするもんだが……。端からぶち壊していくかい？」

「ええ。徹底的に」

「遺体が出るまでお願いします」

右京は堂々としていた。

夕刻、衣笠は副総監室で内村と中園から報告を受けた。

「出ませんでしたか……」

「基礎のコンクリートも含め、破壊し尽くしたようです」

中園が直立不動で報告すると、衣笠は重々しい口調で言った。

「一軒、潰しましたか……」

内村が責任を中園に押しつける。

「中園くんが、現場にその許可を与えていましたので」

衣笠は、青木が持ってきた右京の署名入りの誓約書をデスクから取りあげて、目を落とした。

捜索が失敗に終わり、鬼束邸からは右京と亘をのぞく捜査員たち全員が引き揚げていた。右京と亘が破壊し尽くされた離家の前で立ち尽くしていると、背後から冨貴江が尖《とが》った声を投げかけた。

「これでご満足？」

右京は曖昧な笑みをかすかに浮かべると、

「また基礎からやり直しですねえ」

「なんて言い草？」

憤る冨貴江に、亘が頭をさげた。

「お詫びは、また改めてゆっくりと」

右京も冨貴江に一礼をし、その場から去っていった。


鬼束邸の家宅捜索が失敗に終わったというニュースは特命係の小部屋と同じフロアにある組織犯罪対策部でも話題となっていた。

「しかし、ちょっと驚きですよね。出なかったとは……」

角田六郎の部下の大木長十郎《おおきちようじゆうろう》が感想を漏らすと、同じく部下の小松真琴《こまつまこと》がしみじみと言った。

「杉下警部ですからねえ」

そこへ特命係の部屋から帰宅しようとする青木が通りかかった。

「『猿も木から落ちる』。そういうことですよ」

「ああ、『河童《かつぱ》の川流れ』か」

青木のことばに大木が反応すると、小松が続いた。

「『天狗《てんぐ》の飛び損ない』ってやつだな」

角田も負けていない。

「『釈迦《しやか》も経の読み違い』っていうのもあるぞ」

「じゃあ、『弘法《こうぼう》も筆の誤り』」と大木。

「おっ！『上手《じょうず》の手から水が漏れる』」と小松。

「えーっとね、あれだ！」角田がひねり出す。「『千慮《せんりょ》の一失《いっしつ》』、どうだ？」

負けじと言い合う三人を尻目に、青木は「お疲れさまでした」と帰っていく。その顔には暗い笑みが浮かんでいた。


翌朝、特命係のコーヒーをマグカップに注ぎながら、角田が右京に訊いた。

「で？　いつ退職だ？」

「残務整理が済んだらでしょうかねえ」

右京が答えると、青木が自分のスペースから飛び出してきた。

「残念です。お近づきになれたのに。冠城さんは責任取らないんですか？」

「杉下右京なきあと、特命係を盛り立てていくのが俺の任務だ」

決然と語る亘に、右京は紅茶を口に運びながら、「なるほど」と応じた。

六

翌日、シティホテルのラウンジに甲斐峯秋と三上冨貴江の姿があった。

「甲斐さんのご好意を無下にはできないと思ってお願いしたんですけど、やはりきっぱりお断りすべきでした」

冨貴江に冷たい声でそう言われると、峯秋としても謝るしかなかった。

「親切のつもりが仇《あだ》になってしまって、誠に申し訳ないことをした。僕は君を満更知らないわけじゃないからね。君が馬鹿げた罪を犯すとは、これっぽっちも思ってないよ」

冨貴江はにこりともせず、峯秋を睨みつけていた。峯秋がことばを継ぐ。

「ただね、一方で、杉下右京という人物についても評価してきたんだ。彼は馬鹿な間違いを起こすような男じゃないよ。一緒にいる冠城亘についてもそうだ。お調子者を気取ってるが、非常に切れる男だ」

「甲斐さんがあのデストロイヤー二名を庇《かば》いたい気持ちはよくわかります。部下ですもんね」

峯秋は冨貴江のことばに思わず苦笑した。

「デストロイヤーか。僕はね、今、正直混乱してるんだよ」

「混乱？」

「うん。君と杉下右京ががっぷり四つで勝負するなんていう、想像をはるかに超えた異常事態に見舞われてるんだからね」

峯秋が苦り切った顔でそう告白したとき、冨貴江のトートバッグの中でスマホの着信音が鳴った。ディスプレイにはまた「鬼束鐵太郎」の名前が表示されていた。

「すみません。マナーモードにしておくのを忘れました。うるさいから出ますね」

冨貴江は峯秋に断ると、スマホを持って席から離れたところで電話に出た。

「ちょっとなんなのよ？　いいかげんにしなさいよ」

かけてきたのは案の定、鋼太郎だった。

――どうしても出てほしかったから仕方なくさ。今、あのふたりが謝罪に来てるよ。

「えっ？」

思わず冨貴江の口から声が漏れた。

そのとき鬼束邸の大広間では、祥が壁に掛かった絵の説明をしていた。

「アンリ・ルソーって人の絵です」

密林めいた草むらの中で斑紋《はんもん》のある獣が白馬に組みついている特異な構図の絵は、右京にとってはお馴染《なじ》みのものだった。

「ええ。『馬を襲うジャガー』ですねえ」

「有名なんですか？」逆に祥が驚いた。

「絵画に興味がおありならば、ご存じなんじゃありませんかね？」

「わたしはまったく」

首を横に振る祥に、亘が訊いた。

「ご主人の趣味？」

「いいえ。二番目の奥様がお好きだったそうで。壁の汚れを隠すためにずっと飾ってたんですが、リフォームできれいにしたけど、せっかくだから飾っておこうかって」

右京は大広間の隣の部屋の壁に掛かった絵画に目をつけた。

「これは『草上の昼食』、クロード・モネです。たしか一八六六年の作品でしたか」

そこへ冨貴江との通話を終えた鋼太郎が戻ってきた。

「絵、お好きですか？」

「あっ、一点一点、拝見しているうちに、いつの間にか大広間からこんなところまで来てしまいました」

「どれもレプリカですよ。価値なんかない」鋼太郎はにべもなく言い放ち、祥に小言を言った。「謝りに来た人、屋敷ん中、案内して歩いてどうすんだよ」さらに怒りの矛先を特命係のふたりに向けた。「正直、謝罪のことばなんかより、破壊した離家、なんとかしてくれってのが本音ですけどね」

「それ言われると、耳が痛いです」

亘は恐縮してみせたが、右京はまったく空気を読まずに相手の神経を逆撫でした。

「あっ、離家の建て直しは、いつ開始なさるんですか？　早くなさらないと、増殖して手に負えなくなった縄文土器の置き場にも困るでしょうしね」

「大きなお世話ですよ！　国家権力盾にして、人ん家《ち》ぶち壊しといて、なに言ってんですか！」

「お気に障ったならば、謝ります」

右京が慇懃無礼に謝辞を口にしたとき、亘のスマホの着信音が鳴った。電話をかけてきたのは、甲斐峯秋だった。

特命係のふたりは、鬼束邸から警察庁の甲斐峯秋の執務室に向かった。ホテルのラウンジでの冨貴江との会話について、峯秋からふたりに情報を提供したいと呼び出されたのだ。峯秋は冨貴江にかかってきた電話のことに言及した。

「鐵太郎さん本人から着信が？」

意外そうに声をあげる亘に、峯秋が言った。

「まあ、チラッと見ただけなんだけどね。間違いない」

「なるほど」

思慮深げにことばを返す右京に、峯秋が忠告した。

「三上冨貴江が犯罪に手を染めるとは、どうしても思えんのだがね。しかし、そんなことはあくまで個人的な心証に過ぎんからね。ただ、これだけは言える。彼女は侮れない女だよ」

特命係のふたりが引き揚げたあとの鬼束邸の大広間では、鋼太郎がソファに横になり、パソコンでバイナリーオプションに興じていた。

「あがれ、あがれ、その調子！」と熱狂した揚げ句、結局株価が下がってしまい頭を抱える鋼太郎の姿を呆れた顔で見つめ、祥が言った。

「わずか六十秒で百万擦《す》るなんて、どうかしてる」

「その逆もあるんだ。バイナリーオプションの醍醐味《だいごみ》はそこだ」

強弁する鋼太郎の痛いところを、祥が突く。

「通算でどれぐらい勝ってるんですか？」

「聞くな。いずれ勝つ」

鋼太郎が負け惜しみを口にしたとき、ポケットの中の鬼束鐵太郎名義の携帯電話が鳴った。

「あっ。なんだ？　電源切るの忘れてた」

「駄目ですよ、切っとかないと」

祥が眉を顰《ひそ》めたが、鋼太郎は電話を取り出した。未登録の電話番号からの着信だった。

「誰からだろう？」

そう言っているうちに電話は切れてしまった。

電話は特命係の小部屋から右京がかけたものだった。

右京は電話を切ると、亘に命じた。

「今度は君、かけてください」

「えっ？　僕もですか？」

「せっかくですから。番号言います」

「ああ、ちょっと待ってください」

亘が慌てて、その番号をプッシュした。呼び出し音が何度か続いたあと、電話はぷっつり切れてしまった。

「あっ。電源、落としたようです」

「そうですか」右京は納得ずくだった。「さすがに出るとは思っていませんが、これで我々の意図は十分伝わるはずですよ」

そこへ自分のスペースから、青木がコーヒーカップを持って出てきた。

「こんなこと言うのなんですが、いつまで居座る気ですか？」

「今、残務整理の最中なので……」

しゃあしゃあと答える右京に、青木はコーヒーを注ぎながら皮肉を言った。

「いたずら電話が残務整理ですか」

「お前もするか?」

「馬鹿馬鹿しい」

亘が持ちかけたが、青木は一蹴して自分のスペースへ戻った。

鬼束邸の大広間では、鋼太郎がかかってきた電話について気にしていた。

「二件とも表示されたのは携帯番号だ。少なくとも、親父のこれには登録されてない人物からってこと」

「しかも、立て続けに二件……」

祥のことばに、鋼太郎はまじまじと鐵太郎の携帯電話を見つめた。

「気持ち悪いな」

数時間後、鬼束邸に戻ってきた冨貴江は調べた結果を夫に伝えた。それを聞いた鋼太郎が、意外そうに声をあげた。

「杉下右京と冠城亘の?」

「あなたから連絡もらって急いで調べたら、ふたりの携帯番号だった」

「なんで親父の携帯に……? バレてんのか、俺が持ってるの」

「バレてるかどうかはわかんないけど、挑発であることは間違いないわ」

冨貴江が腕を組んで言った。

「挑発？」

「いざとなったら、わたしが番号ぐらい調べられるのを見越してかけてきてるのよ。だからって、ふたりに文句言えるわけないでしょ？」

「ですね」祥が同意する。「それこそ藪蛇。行方不明者の携帯の着信の履歴を知ってるなんておかしいもの」

「たしかにな」と鋼太郎。

「口では謝罪なんて言っておきながら、あのふたり、ジワジワ圧力かけてきてるのよ」

「そいつは間違いないな。それよりどうしよう、親父の携帯」

鋼太郎が妻に相談した。

その頃、特命係の小部屋では、右京が冨貴江と鋼太郎の行動を読んでいた。

「始末しようとするでしょうねえ。いつまでも持っているのは危険ですから」

「ええ」

「しかし、こういうプレッシャーは疑心暗鬼を生ずるものですからねえ。捨てたくとも、さてどこに捨てるべきか、大いに悩むでしょう」

「たしかに。下手なところに捨てて、発見されたら、目も当てられないですからね」

亘が右京の耳元でささやいた。

鋼太郎は鬼束邸の書斎で鐵太郎の携帯電話をじっと見つめていた。ぼんやりしたようすの鋼太郎に祥が声をかける。

「どうしたんですか?」

「考えてみると、意外と厄介だよな、こいつ」

「さっさと捨てちゃえばいいじゃないですか」

「どこに?」

「ゴミ捨て場に」

祥があまり考えずに答えると、鋼太郎は正気を疑うように「ゴミ捨て場?」と訊き返した。

「だったら川とか、海とか……」

「俺、見張られてるかもしれないだろ。捨てた途端に、お縄は嫌だよ」

そう言われてようやく、祥にも鋼太郎の悩みが理解できた。

ふたりは冨貴江に相談を持ちかけた。冨貴江は解決策を考える前に、まずは思慮のない夫を責めた。

「そもそも、こんなものオモチャにするからつけこまれることになるんだわ」

「オモチャになんかしてないだろ。親父が行方不明になるまでの間、生きてるように見せかけるために使ったんじゃないか」

鋼太郎は抗弁したが、口で冨貴江に勝てるはずもなかった。

「無事、行方不明になったとき、お義父様に返せばよかったじゃない。それをしないで持ち歩くなんて、オモチャにしているのと一緒よ」

「俺を非難するより、こいつの処分を考えてくれよ」

「だから、お義父様に返すのが一番いいでしょ。所有者の手を離れて、携帯だけが独り歩きしてるのが問題なんでしょうが」

鋼太郎が冨貴江のことばの意味を理解した。

「遺体に戻せってことか。そりゃ、そうだな。それが自然だ。おい頼むよ」

鋼太郎が携帯電話を祥に放った。祥は小さく叫んで、取りそこねた。

「俺にそんな気持ち悪いこと、できるわけないだろ」

身勝手な発言をする鋼太郎に、冨貴江が提案した。

「遺体を移すとき、戻せばいいわよ」

「移すんですか？」

祥がびっくりした声を出す。

「ええ」

鋼太郎にも妻の考えがわからなかった。

「どこへ?」

「もっと安全な場所」

「いや、なにも移さなくたって……今だって、見つかってないんだし」

「ねえ、この状況、わかってる?」冨貴江は鋼太郎と祥に噛んで含めるように説明した。「もはやお義父様の生存か、死亡が確認されるまで、いつまでも疑惑はくすぶり続けるの。警察で失踪届が受理されて、名実共に死亡と認定されるまで、あと七年もかかるの! その間、ずっと遺体が発見されるんじゃないかって怯《おび》え続けるなんてごめんだわ!」

と、そのとき冨貴江のスマホの着信音が鳴った。画面に目をやり、スマホを手に取って書斎から出ていこうとする冨貴江に、鋼太郎が言った。

「ここで出りゃいいじゃないか」

「仕事の電話なの」

「だったら構わないだろ、ここだって」

しかし、冨貴江はそれを無視して出ていった。

鋼太郎は祥に、「どうせ、ヤング・スワローさ」と言うと、立ち去る妻の背中に向かって、「こんな最中にお盛んだね!」と皮肉を浴びせた。

冨貴江は廊下で電話に出た。

「もしもし」

相手は鋼太郎が読んだとおり、中迫教之だった。

――すみません、夜に。

「どうしたの？」

――さっき突然、『週刊フォトス』の記者が現れて……。

「えっ？」

――風間楓子って記者。

冨貴江は中迫から風間楓子の連絡先を聞き、さっそくホテルのラウンジに呼び出した。

楓子はオーダーしたシャンパンに口をつけながら、話を切り出した。

「お目にかかりたいと思っていた矢先、そちらからご連絡いただけて、ありがたかったです」

「お仕事でしょうから、あなたの行動にも一定の理解を示すし、あれこれ言うつもりはない。ただひと言……」冨貴江は淡々と語り、最後に語気を強めた。「恥を知れ」

楓子はこのくらいで動じる女ではなかった。感情を高ぶらせることなく用件に入る。

「中迫教之さん。先生のゼミの学生さんですけど、お付き合いなさってますよね？」

「ゼミの子だから、交流はあるわ」

「男女の仲ですよね？」

楓子がずばり攻めこんだが、冨貴江は軽く受け流した。

「いいえ」

「中迫さんも否定なさってました」

「そりゃそうでしょ」

ここで楓子が一枚の写真を取り出した、冨貴江と中迫がバーで仲睦まじく飲んでいるシーンを隠し撮りした写真であった。

冨貴江は写真を一瞥すると、「こんなの、なんの証拠にもならないわ」と一蹴した。

しかし、楓子も引かなかった。

「わたしたちが一枚しか写真を持ってないとお思いですか？」

冨貴江が開き直る。

「どっちにしろ、記事にするんでしょ？　そっちがそうするなら、こちらも対抗措置を講じるだけよ」

「事と次第では……引っこめます」楓子が写真をしまった。「この件は記事にはしませんし」

「事と次第って？」

「警視庁の杉下さんと冠城さんが、お宅に興味を持ってますよね？　おふたりはお宅のなにを探ってらっしゃるんですか？」

冨貴江は答えなかったが、楓子は追及を続けた。

「こう言ったら失礼ですけど、単なる行方不明案件にのめりこむようなおふたりじゃないんで」

数日後、発売になった『週刊フォトス』には次のような見出しが躍っていた。

――国家権力の横暴か⁉　警視庁が家一軒破壊!!!

警視庁の副総監室で『週刊フォトス』を読んだ衣笠は、写真週刊誌を床に叩きつけた。

「なにが『家一軒破壊』だ。小さな離家だろうが！」

首席監察官の大河内春樹《はるき》が『週刊フォトス』を拾いあげて、冷静に分析した。

「こういう手合いの雑誌の強みは、記事の正確性を最初から放棄しているところです」

「ああ」衣笠が認める。「読者が求めているのは刺激。正確性など、二の次だからな」

右京と亘は、とあるオープンカフェに風間楓子を呼び出した。亘が『週刊フォトス』

に視線を向けて、楓子に言った。

「まさか第二弾で、またぞろ警察に喧嘩《けんか》売ってくるとは思いませんでしたが」

「流行りの不倫ネタでもやると思いました？」

余裕たっぷりな物腰の楓子の前に、右京が記事を広げた。

「それにしても、この三上女史が語ったとされるくだり、殊《こと》に泣かせますねえ」

それはこういう内容だった。

――今回、あらぬ嫌疑をかけられて、乱暴とも思える家宅捜索を受けましたが、わたくしは正当な手続きによる適正な捜査であったと理解しています。警察が日夜、市民の安全のために身を粉にして働いているのをよく知っていますし、わたくしは彼らの正義を疑ったことは一度もありません。

今回のことも、たしかに警察の思い違いなどがあったことは事実でしょうが、あくまでも捜査上でのこと。わたくしが警察に恨みを抱くことはいっさいありませんし、国家公安委員という立場からも、警察への信頼は揺るぎないものであることを申しあげておきます。


三上冨貴江が講義終了後、〈成林大学〉の廊下を歩いていると、前方から記者が十人近く駆け寄ってきた。

「先生！　ちょっとお話をお聞かせ願えますか？」

冨貴江は「こんなところにまで入ってきちゃ、駄目ですよ」と記者たちをたしなめたが、内心では笑みを浮かべていた。

「先生、警察に対して、本当に怒りを感じておられないんですか？」

「国家公安委員として、警察を許せるんですか？」

記者たちが口々に質問を浴びせた。

『週刊フォトス』の記事を議員会館の執務室で読んだ鐙鞍兵衛は、大きな声を出して愉快そうに笑った。

「したたかだねえ」

そう独りごちると、再び笑った。

警視庁の会見室で、記者会見がはじまった。会場いっぱいに集まった報道陣に向かったのは大河内だった。

「……手続きに瑕疵《かし》はなく、捜査は適正であったと認識しております」

ひとりの記者が質問した。

「家一軒ぶち壊して、適正ですか？」

「家一軒というのは大げさであり、実態とかけ離れた表現ですが、なにより持ち主には捜査が適正であったことも含め、十分なご理解をいただいておりますので」

大河内が弁明すると、別の記者から手が挙がった。

「結果的に誤認であったことで、当該捜査員に懲戒処分などは？」

「捜査は適正におこなわれておりますので、懲戒などはあり得ません」


記者会見を終えた大河内は苦虫を嚙み潰したような顔で特命係の小部屋を訪れ、右京と亘、そして暇つぶしに来ていた角田に言った。

「わかっていらっしゃるとは思いますが……」

「あれはあくまでも建前ですね？」

角田に先回りされた大河内は咳払《せきばら》いをして、「ええ。記者会見で『懲戒処分はあり得ない』と言ったのは、懲戒実施イコール、捜査不適正となり、非を認めてしまうことになるからに過ぎません」

「もちろん承知していますよ」と右京。

「わざわざそんなことを？」

亘に訊かれ、大河内は話題を変えた。

「残務整理はいつ済むんですか？」

「まもなく済む予定です」

右京が答えると、大河内が申し渡す。

「正式に辞表をお書きいただけますか。残務整理が終了し次第、受理します。そうしろという副総監のお達しなので」

衣笠は大河内に対して、こう言ったのだった。

——警察のメンツを立てつつ、その動きを封じこめた。三上富貴江に軍配だな。

右京は曖昧な笑みを浮かべ、大河内のことばを受けた。

「なるほど」

すると自分のスペースにこもったまま、青木が言った。

「辞表のテンプレ、ありますよ。用意しましょうか？」

「ああ、頼む」と答えたのは亘だった。「手間省けますもんね？」

「ええ」右京は平然と同意してから、右手の人差し指を立てた。「ひとつだけ……。いちいち先回りして僕の代わりに返事をするの、やめていただけますか？」

「あっ、以後気をつけます」

大河内が立ち去ったところで、角田が小声で右京に訊いた。

「海外じゃ、『ホメロスでさえときには居眠りをする』と言うそうだが、さすがのあんたも今回は本当にしくじったのか？　それとも……」

右京は答えなかったが、眼鏡の奥の瞳は妖しく輝いていた。

七

鬼束邸の敷地に、ポンプ車やミキサー車が入ってきた。今日は破壊された離家の基礎工事をやり直す予定になっているのだ。二階の書斎のパソコンでバイナリーオプションをやっていた鋼太郎は、ふと窓の外をのぞき、工事関係者の中に右京と亘が交っているのに気づいて、大声をあげた。

「さちー！」

祥が姿を現すと、鋼太郎は度を失って叫んだ。

「来た！　コンクリと一緒に、また現れた！」

鋼太郎と祥が離家の跡地に慌てて駆けつけると、右京と亘の姿があった。鋼太郎が怒鳴る。

「なんだ、お前ら！　勝手に入ってきて！」

右京はまったく取り合わなかった。

「いよいよ、コンクリートの流しこみですねえ。この日を待っていました」

「今すぐ出ていけ。ここは私有地だぞ！」

鋼太郎は顔を真っ赤にして命じたが、右京には馬耳東風だった。

「基礎にコンクリートを流しこむ、このタイミングしかないと思っていましたのでね」

「おい、人の話を聞け！」

鋼太郎が右京につかみかからんばかりの勢いで叫んだ次の瞬間、右京がそれを上回る剣幕で言い返した。

「あなたこそ、聞きなさい！」鋼太郎が怯《ひる》んだところで、語勢を弱める。「いったん調べの入ったここ以上に安全な場所はない。そう考えて、昨夜、移し替えたのではありませんか？　無事にコンクリートが流しこまれれば、今度こそ半永久的に発見されないと」

鋼太郎の顔がみるみるうちに青ざめていくのを見て取り、亘が基礎の部分を確認している職人に訊いた。

「どうですか？」

「ああ……。言われてよく見たら、ここんとこ、ちょっと変だな」

異変を見つけた職人に、亘が依頼した。

「掘ってもらえますか？」

「うん」

スコップを取りにいく職人を阻むようにして、鋼太郎が慌てて口を挟んだ。

「お、おいおい、よせよ！　や……やめろって！　どんな権限で掘り起こすんだ！」

「それは工事を請け負った職人さんの権限でしょ」亘はそう答えると、職人に言った。「責任ありますもんね？」

　スコップを手にした職人が答える。

「そりゃそうよ。変なもん埋まってたら、基礎の強度に影響すっからさ、コンクリ流せねえもん」

　掘り返しはじめてしばらくして、職人のひとりが「なんだこりゃ？」と声を上げた。職人たちが集まってのぞきこむ。どうやら衣服の一部のようだった。

「慎重にお願いします」

　亘が声をかけ、職人たちは注意を払って作業を進めた。そして、ついに遺体が掘り出された。傍らには携帯電話も埋もれていた。

　鋼太郎と祥は不安げに顔を見合わせた。


　遺体発見の一報を受け、伊丹と芹沢が〈成林大学〉へ出向いた。捜査一課の刑事たちの顔を見た瞬間、冨貴江は計画が失敗したのを悟った。

　司法解剖を担当した大学の法医学部の教授が、亘に訊いた。

「竹林に埋まってたって言ったよね？」

「ええ、昨夜まで。今朝は離家の基礎部分ですけど」

「どちらにせよ、土中ってことね。ずっと土の中って考えると、死後二カ月ってとこだね」

見立てを述べる教授に、右京が質問した。

「死因は？」


警視庁の取調室で、三上富貴江と鬼束鋼太郎の取り調べが別々におこなわれた。

ふたりの供述は大きく異なっていた。冨貴江は、鋼太郎が縄文土器で鐵太郎の頭部を殴打して殺したと証言した。ところが鋼太郎は、冨貴江がソファクッションで窒息させたと証言した。お互いが相手のことを告発したのである。

伊丹と芹沢から報告を受けた中園が渋い顔になった。

「夫婦で言い分が食い違ってるのか？」

「ええ、真っ向から。お互い殺したのは相手だと」

芹沢の答えを聞き、中園が伊丹に確認する。

「もうひとり、若い後妻はなんと言ってる？」

「殺したのは三上冨貴江だと言ってます」

「鋼太郎の供述と同じか」

取調室で伊丹が冨貴江に、鋼太郎の証言を伝えた。

「ご主人が言うには、祥さんが必死の救命措置を施したが、鐵太郎さんは息を吹き返さなかったと」

「嘘よ、そんなの！」冨貴江がすぐさま否定する。「まったくのでたらめだわ。わたしがお義父さんをだなんて……冗談じゃない！」

「まあまあまあ、興奮なさらずに」

芹沢がなだめ、伊丹が新たな事実を突きつける。

「解剖の結果、死因がわかりましてね、窒息死でした」

「えっ？」

芹沢が補足する。

「ちなみに、被害者の頭部に外傷はありませんでしたよ」

「解剖の結果からは、先生の、縄文土器で殴ったっていう供述のほうがでたらめってことになりますね」

伊丹のことばは、冨貴江には悪い冗談にしか聞こえなかった。

取り調べのようすをマジックミラー越しに眺めていた右京が相棒に言った。

「君の大好きな状況になってきましたねえ」

「ええ。カオスですね」

その夜、遺体発見の知らせを聞いた報道陣が鬼束邸の門前で待ち構えていると、規制線をくぐってひとりの男が出てきた。男は善波《ぜんば》圭佑《けいすけ》という弁護士だった。

「中には誰もいませんから、お帰りください」

「あなたは？」記者のひとりが質問する。

「わたくし、〈鬼束学園〉の顧問弁護士です」

「お名前は？」

善波はそれには直接答えず、名刺の束を取り出して、報道陣に一枚放り投げた。

「はいはいはいはい……。マスコミの皆さんで、仲よく情報共有してください。問い合わせには応じますが、まだなにもお話しできません。とにかくここからは一刻も早くお引き取りを」

報道陣を掻き分けて立ち去ろうとする善波に、記者が訊いた。

「どちらへ？」

「クライアントのところへ」

その頃、警視庁の鑑識課では掘り出された携帯電話が話題になっていた。

「持ち主の指紋だけ残して拭き取るなんて芸当はできないから」

　亘が考えを述べる間も、右京はずっとビニール袋に入った携帯電話を眺めていた。

「持ち主の指紋すらないっていうのは、勝手に使ってた奴が拭き取ったからですよね？

「きれいさっぱり拭き取られてるな」

　亘に尋ねられ、益子が答える。

「指紋はひとつも検出されず？」


　警視庁の接見室で冨貴江から話を聞いた善波は困惑した顔になった。

「こいつは困ったな……。いや、当然、奥様と鋼太郎さん、そして祥さん、お三人の弁護をするつもりで参ったんですが、お話聞いたところ、無理だな」

「えっ？」

「利益相反になっちゃう。おっしゃってることが完全に対立してます」

「だったら、あなたの事務所からもうひとり出して」

　冨貴江が要求したが、善波は顔を伏せて断った。

「うちの事務所から出しても同じことですよ。どっか、よその弁護士頼まないと」

「とにかく誰でもいいから連れてきて、向こうにあてがって」

「わかりました」

渋々承諾する善波に、冨貴江が確認する。

「ねえ、あたし、このまま帰ってもいいわよね？　だって任意で聴取受けてるのよ」

善波は視線を冨貴江のほうへは向けず、「帰るなんて言ったら、途端に逮捕状、取られますよ。死体遺棄容疑は明白ですから、強制的に勾留になるでしょう」と見解を示した。

「このわたしにブタ箱に泊まれって言うの？」

「どなたであろうと、遺体を隠したりすると、ブタ箱に泊まることになります」

善波の意見は正論だったが、冨貴江は納得できなかった。机をどんと叩くと、有無を言わせず命じた。

「鑓鞍先生に連絡して。ことづけ、お願い」


警視庁の廊下で、内村が鼻を鳴らした。

「ふん、いいご身分だな」

中園が内村の顔色をうかがいながら、事情を説明した。

「逮捕状を取ってしまうという選択肢もありましたが、事情聴取には百パーセント応じる、無論、証拠隠滅の恐れもないということから特別に……」

「泣く子と地頭には勝てぬ、か……」

内村が薄く笑った。

その頃、冨貴江は都内の高級ホテルの一室で、鐘鞍に頭をさげていた。

「図々しいお願いをして、申し訳ありませんでした」

「いや、なんの。あたしもあんたと内密で話したいことがあったんでね」

「内密で？　なんでしょう？」

「辞表を書いてくれるかい？　国家公安委員、辞任してちょうだいな」鐘鞍は用意していた辞任届の書類を取り出し、その上に万年筆を置いた。「サインしてくれるだけでいいよ。こういうのは、早いとこ済ませたほうがいいから」

冨貴江は黙って受け入れ、署名をした。

鐘鞍は辞任届を確認すると、「ここ、好きに使って。もちろん、ルームサービスも頼んでいいよ。あたしの奢《おご》り」と言いながら立ちあがり、ドアのほうへ向かった。

「ああ、時間に正確だね」という鐘鞍の声に、冨貴江がドアのほうを振り返ると、鐘鞍のうしろに右京と亘がいた。

「甲斐さんとこの若い衆。ああ、知ってるか。ホテル泊まりの件、甲斐さんと相談したのよ。甲斐さんも、あんたの力になりたいって言っててね。このふたり、役に立つってさ」

そう言い残し、鐙鞍は去っていく。

「便宜供与はお嫌いなんじゃ？」

亘が部屋に入ってくると、冨貴江は観念したように、「なんとでも言って」と天井を仰いだ。

右京がソファに座った冨貴江の背後に回る。

「実は我々、鐵太郎さんの携帯の通信記録を調べましてね」

「発見された鐵太郎さんのご遺体と一緒に携帯電話もありましたけど、あれってずっと誰かお持ちだったでしょ？　指紋がすべて拭き取られてたんで、あとから戻したのは間違いないと思いますが」

亘のことばを右京が引き継ぎ、立て板に水の勢いで畳みかけた。

「まあ、我々は鋼太郎さんではないかと思っているのですが。六月七日、午後一時三十二分を皮切りに、断続的に鐵太郎さんはあなたの携帯へ発信し、七回目に一分十七秒通話しています。これはあなたが、国家公安委員会の定例会に出席していたときのことですが、覚えてらっしゃいますよね？　この通話の最初、驚いたように『あなたなの？』と通話相手に問いかけたのを、鐙鞍先生がお聞きになっています。鐵太郎さんの名前が表示された電話に出たのに、この問いかけは奇妙ですねえ。すなわち、相手は鐵太郎さんではなく、鋼太郎さんだったのでは？」

腕組みをしたまま口を閉じた冨貴江の隣に、亘が腰を下ろした。

「だんまりですか。今、あなた、かなり状況不利ですよ。なにしろ二対一ですもん。鋼太郎さんと祥さん、ふたりが先生の供述を否定してる。いいですか、国家公安委員という特権も、歴然たる犯罪の前では通用しませんよ」

ここでようやく冨貴江が自嘲の笑みを漏らした。

「もはやわたしは、社会的には破滅した人間。だけど、やってもいない殺人の罪を負うのはごめんだわ」

「ならば、本当のことをお話しください」

右京の求めに応じ、冨貴江が話しはじめた。

「おっしゃるとおり、義父からの電話だと思って出たら、主人だった」

鋼太郎に「驚くな。親父を殺した」と告げられたことに言及すると、右京が確認した。

「『殺した』と、はっきりそうおっしゃったわけですね？」

「そうじゃなきゃ、泡食って帰ったりしないわ」

帰宅して大広間の鐵太郎の遺体の前で鋼太郎と交わした会話に触れると、今度は亘が確認した。

「あなたのために殺した。そう言ったわけですか。それにしても、なぜ殺さなきゃならなかったと？」

「義父が不倫を理由に、わたしを家から追い出そうとしてたからだって」

「不倫の相手は中迫教之くんですよね、ゼミの」

亘の問いかけに冨貴江は「ええ」と答えた。

「鐵太郎さんが調査会社から受け取っていた、あなたの不倫に関する報告書がお宅から押収されています」

「そして、その殺さなければならなかった理由は、そっくりそのまま、あなたの殺害動機になりますねえ」

右京の指摘に冨貴江がことばを失っていると、亘が鋼太郎の証言を引いた。

「ご主人はこう供述してます。犯行前夜、あなたは鐵太郎さんから不倫の事実を突きつけられ、鋼太郎さんとの離婚を迫られた」

「嘘よ」

冨貴江は否定したが、亘は続けた、

「その翌日、鐵太郎さんが高血圧で倒れたことを連絡すると、あなたは仕事を切りあげて帰宅した。前夜のこともあったので、殊勝な態度で看病でもするのかなって思っていたら、鎮静剤で眠っている鐵太郎さんの顔にクッションを押し当てて殺していた」

罠《わな》にはめられたと気づいた冨貴江が頭を抱える。

「嘘っぱちよ。なにもかもでたらめ！」

右京が新たに判明した事実を告げる。

「しかし、鐵太郎さんの遺体からは、鎮静剤の成分が検出されています。検出された成分は間違いなく処方薬であり、主治医からもたしかに処方したという証言が得られています。そして、祥さんはこう言っています。『ソファで眠っていた鐵太郎さんを、逆上した冨貴江さんがクッションで殺したって聞きました。わたしは呼ばれて部屋に駆けつけたんで、その瞬間を見ていたわけじゃありませんけど』と」

「嘘、嘘、嘘！　すべて嘘！　義父は絨毯《じゅうたん》の上に倒れてて、その絨毯には大きな血痕があって、そばには割れた土器が落ちてたの！」

取り乱す冨貴江に、右京が質問した。

「鐵太郎さんの頭部の傷は、ご覧になりましたか？」

「傷？　いいえ。祥が、血まみれの父をきれいにして寝かせたって言ってたから、あえて傷は確認しなかった。たとえそうじゃなくたって、傷なんかいちいち確認しないわよ、そんな状況で！」

「おっしゃるとおりかもしれませんが、事ここに至っては、確認なさらなかったのは痛恨の極みですねえ。なにしろ、犯行現場である大広間はリフォームされてしまい、血痕のある絨毯も割れた縄文土器もなにもかも残っていませんから。あなたの供述を裏づける証拠はなにも……」

右京のことばに、冨貴江はうなだれた。

「リフォームしようと言い出したの、わたしなの。自分で自分の首を絞めたようなもんね」

「お気の毒です」と亘。「だけど、あなたみたいに知性と教養に満ち溢《あふ》れた人がなぜ？少なくとも死体遺棄については否定のしようがない。なぜそんな馬鹿げたことを……。」

甲斐峯秋も戸惑ってます」

「恋々としたくなるような地位を得た人間ならば、わかるはずよ。自分の過ちで失うのだって我慢できないのに、ましてや他人の落ち度でそれを失うなんて、我慢できるわけないじゃない！」

「他人の落ち度……すなわち、ご主人のってことですね？」

亘のひと言で、冨貴江の本音が漏れた。

「あの人のせいで、わたしのキャリアが台無しになるなんて、まっぴらだったのよ！」

高級ホテルの一室が重たい空気に包まれた。ややあって、チャイムの音がした。

冨貴江が出てみると、伊丹と芹沢が立っていた。事情聴取に来たのだった。

部屋に入ってきた伊丹は、右京と亘がいるのを見て、「特命……」と絶句した。

「出張事情聴取、ご苦労さまです」

亘は捜査一課のふたりの労をねぎらったが、伊丹はなぜ特命係のふたりがここにいるのかが気になってしかたなかった。

「なにやってんだよ、ここで?」

「もうお暇《いとま》するところです」

右京が答えて、ふたりはドアのほうへ向かう。

「いや、それじゃ答えになってないでしょ」

伊丹がふたりの背中を睨みつけた。


警視庁に戻った右京と亘は、留置場の一室で祥の事情聴取をおこなった。

「あなたの供述は、鋼太郎さんのものと非常によくマッチしているのですが、素朴な疑問がひとつ。ご主人を殺した人物と結託して死体遺棄という罪を犯した点です。どういう思考の変遷があると、そんな具合になるのでしょうねえ。普通ならば、殺した人物を告発してしかるべきです。愛する人を殺されたのですからねえ。端的に申しあげれば、三上富貴江さんを殺人犯として訴え出なかったのが不思議なんですよ。そればかりか、遺体を隠すことにまで加担して」

右京からねちっこく責められた祥は、「鋼太郎さんに泣いて頼まれてしまって」と答え、そのときのようすを描写した。祥によれば、鋼太郎はこう頼んだのだという。

——なあ、祥、頼む! 俺はあいつを殺人犯として社会的に葬ってしまうのは忍びないんだよ。だって、喧嘩を売ったのは親父のほうだ。追い出すなんて言われたら、誰だって逆上するさ！　可哀想すぎるだろ。なんとか助けてやりたいんだよ！　なあ、いいだろ？　お前だって、そもそも金目当てで親父と一緒になったんだから。

「金目当て？」

そのことばに反応した亘に、祥が当然のようにうなずいた。

「ええ。七十過ぎの老人と愛し合ったとでも？」

「そうあってほしいと思ってました。俺、こう見えてロマンチストなんで」

「すみません、ご期待に沿えず」

右京が祥の心情を推し量った。

「つまり、あなたにとって、夫、鐵太郎さんの死はそれほど悲しいことではなく、当然、殺した相手への怒りもそれほどでもなく、むしろ殺した相手を庇おうとしている鋼太郎さんにほだされてしまったと？」

続いてふたりは、鋼太郎の事情聴取をおこなった。

「しかしですよ、あなた、間男されたんですよね。自分を裏切ってた妻を庇おうと思いますか？　むしろ、率先して破滅させてやりたいと思うんじゃありません？」

疑問をぶつける亘に、鋼太郎はこう答えた。

「そりゃ、不倫の事実を知ったときは、はらわたが煮えくり返りましたけどね。それで相手を憎めりゃ、苦労しませんよ。惚れた弱みってやつかな……」

「惚れた弱み？」

「わかります？」

「わかりますよ。俺、こう見えてロマンチストなんで」

亘が先ほどと同じせりふを繰り返した。

「いっそ心底あいつを憎めれば、こんなことにはならなかったのに。ねえ？」

芝居がかった仕草で、鋼太郎が右京に同意を求めた。

「まあ、惚れた腫《は》れたはいったんおくとして、鐵太郎さんの携帯なんですがねえ。あれ、お使いになってましたよね？　鐵太郎さんの死後」

「うーん、実は親父の携帯使ったのも、惚れた弱みの一環でね」

「はい？」

「いや、たしかに偽装工作に使いましたけど、一方で冨貴江との連絡用に。っていうのも、僕の携帯から電話しても、あいつ、出ないんですよ。無視。ひどいでしょう？　まあ、そんなふうに虐《しいた》げられても、僕はなんとかしてあいつを助けてやりたかった……そういうことです」

「それほどぞっこんだった奥様は、あなたから鐵太郎さんを殺したという電話を受けて、血相を変えて帰宅したとおっしゃっていますよ。あなたの供述とは随分違いますねえ」

右京がチクリと刺したが、鋼太郎はのらりくらりとかわした。

「はあ。ここは僕、妻に対して怒っていいとこですよね？　人殺しの濡れ衣まで着せられてるんですもんねえ？　でも、怒れないのよねえ。それが惚れた弱みなんだろうね」

その夜、右京と亘は〈花の里〉で鋼太郎の供述を振り返っていた。それを聞いた月本幸子が静かに言った。

「惚れた弱みですか……。好きって感情は、ときに人をおかしくする。一種の副作用なんですかね、恋愛の」

「女将さんが言うと、妙に説得力ありますね」

亘が幸子に語りかけると、カウンターの少し離れた位置に座り、ひとりで食事をしていた風間楓子が一刀両断にした。

「そんなの、嘘っぱちですよ」

「うん？」亘が興味を示す。

「鬼束鋼太郎の言ってる『惚れた弱み』なんて。あそこの夫婦は冷め切ってますから。その証拠に、鋼太郎と鬼束祥はデキてる」

亘が意表をつかれた顔になった。

「祥と……？　君が言うと、妙に説得力あるけど」

右京の瞳がきらりと輝いた。

「なるほど。それが本当だとすると、やはり惚れた弱みなのかもしれませんねえ」


翌日、右京と亘は鬼束邸を訪れていた。絨毯の上の義父の遺体のそばに血痕と割れた土器があったという冨貴江の供述を確かめようにも、どうしようもない。

「いくら力説されたところで、なにも残っちゃいないですからね」

亘がリフォームされた大広間を見回していると、善波が入ってきた。

「どちら様？　まあ、一般の方とは思いませんけど」

「警視庁の冠城です。こちらは杉下」

善波は名刺をふたりに渡して、「〈鬼束学園〉の顧問弁護士を務めております善波です。よろしくどうぞ。ぶっちゃけ、殺人での立件は可能ですか？　理事長が殺されたことは間違いないとしても、犯人特定できないでしょ？」

「ええ、非常に難しい状況です」

右京が認めると、善波は困った顔になった。

「互いに相手が殺したって言い合ってますからね」

「頭を痛めています」

「立場上、弁護お引き受けになるんですよね？」

　亘が善波に訊いた。

「ええ」

「どちらの？　両方は無理ですよね？」

「鋼太郎さん側の弁護をします。奥様からは、自分のほうの弁護をしろと言われていたのですが、諸々検討の結果、奥様は別の弁護士にお任せしようと……」

「なるほど」

　亘が納得すると、右京が話題を変えた。

「ところで、このお屋敷には小動物の類いは現れませんかねえ？」

「なんです？　藪から棒に」

「藪から棒ならぬ、竹林からタヌキなどを期待して、実は先日、庭を歩いたのですが、とうとうなにも出なかったものですからねえ」

　すると、善波が意外な情報を提供した。

「前に、アライグマが出ましたよ」

「おやおや、アライグマが？　そうですか。今は出ませんかね？」

「いやあ、そのアライグマもね、悪さするんで、業者に頼んで取っ捕まえてもらいましてね」

「駆除したわけですか？」

亘の質問に、善波が答える。

「いや、ところがね、最初はそのつもりで頼んだようですけど、結局、ペットとして飼うことになって……」

「ペットで？」

「日本のアライグマなんて、元々ペットが野生化したわけだから、まああまり目くじらを立てても仕方ないかと、見て見ぬふりをしました」

「で、そのアライグマは今どこに？」

右京に真剣な表情で尋ねられ、善波はアライグマが飼われていたという東屋《あずまや》のほうへふたりを案内した。面倒をみていたのは祥だというが、いまはその場所にはいなかった。

右京が諦めきれないようすなので、善波は納戸《なんど》を開けてみた。ケージだけでもそこにしまわれているかもしれないと思ったのだ。

「ああ、ありました。これです」

善波が指差したケージの中には鎖と首輪が残っていた。右京は首輪を取り出し、そこに付着している毛をつまみあげた。

「アライグマのものでしょうかねえ？」

右京の疑問に、亘は「みたいに見えますけど」と答えたが、自信はなかった。

「そんなにアライグマが気になりますか？」

善波が呆れた顔で訊くと、右京は「ええ、とっても」とうなずいた。

翌日のこと、右京は冨貴江と鋼太郎、祥を鬼束邸の大広間に呼んだ。三人を連れてきた伊丹と芹沢も同席していた。

鬼束家の三人に向かって、右京が疑問をぶつけた。

「行方不明なのが、大いに気になりましてね……。ご存じありませんか？」

「知らないわよ」冨貴江は一蹴した。「祥が飼ってたんだから、祥に聞けば？」

「ケージと首輪は納戸にありました。首輪に残っていた毛を調べたところ、アライグマのものだということが判明しています。どこへ行ってしまったのでしょうか？」

「大事なペットですよね？」

亘のひと言で、祥の顔が曇った。鋼太郎がため息をつきながら、前に出た。

「今度は行方不明のアライグマ捜しですか。つくづくわかんない人だな、あなた方は。なんなら、また離家でも壊したら、出てくるんじゃないですか？」

右京が「なるほど」と応じ、亘が説明した。

「不謹慎ながら、鐵太郎さん同様、アライグマももう死んでるんじゃないかなんて言ってたんですけど、今のはそれを裏づける発言ですね」

「ええ」

右京がうなずくと、鋼太郎が抗議した。

「揚げ足取りもいいとこだよ！」

右京は抗議を無視して、つかつかと祥に歩み寄り、指を突きつけた。

「あなた、殺しましたね？」

「なに言ってんだ、あんた！　だいたいアライグマの生き死になんて、どうだっていいじゃないか！」

なおも抗議を続ける鋼太郎に、右京が言った。

「アライグマではありませんよ。鐵太郎さんです」そして、再び祥に向き合う。「あなた、殺しましたね？　鐵太郎さんを」

「なんなの、突然」

祥は表情を変えずに言ったが、右京は確信していた。

「突拍子もない発言とお感じになりましたか？　アライグマの話題になったとき、ここに帰結するとお思いになったんじゃありませんかね？」

「何回、同じこと言わせるんだ！　親父を殺したのは冨貴江だって言ってるじゃないか！」

鋼太郎のことばに、冨貴江が逆上する。

「あなたでしょう!」

「いいや、君だ!」

「ゲスだと思ってたけど、ここまでゲスだとは……」

罵り合う鋼太郎と冨貴江を、芹沢が止めに入る。

「はいはい! 落ち着いてください!」

「よろしいですか?」右京が全員に説明する。「三上先生が連絡を受けて帰宅して、その目で見たという遺体の状況と、実際に発見された遺体の状況で最も大きく異なるのは血です。血。わかりますか? 血液。外傷のない窒息死の遺体が、三上先生によれば大量の出血をしていた」

「そうです」

冨貴江が肯定すると、とたんに鋼太郎が反論した。

「適当なこと、言ってるんだよ」

「なんで……」「なんだよ?」

つかみ合いの喧嘩になりそうなふたりを伊丹と芹沢が引き離した。

亘が右京のことばを継いだ。

「そういう観点で改めて調べたら、遺体から血が検出されたんです。肉眼ではわからないけど、血液成分が付着していた。それも人の血じゃない。アライグマの血でした。遺体は土器で頭部を殴られて死んだように偽装されたわけですよ。ねっ？」

亘は祥に問いかけたが、祥は顔を背けた。右京が推理を語る。

「遺体は偽装されていたという可能性を考えたとき、真っ先に浮かんだのは血糊《ちのり》が必要だということでした。それもリアルなものが。まさか、ケチャップじゃ騙《だま》せませんからねえ。その血糊をどう調達したか。そんなとき、アライグマの存在を知ったのです」

「鐵太郎さん本人の血を抜いて使うなんてことも検討されたかもしれませんが、遺体に無用な傷をつけたくなかった。気の毒に、ペットが犠牲になった」

亘の補足を受け、右京が続ける。

「無論、相手は顔に似合わず凶暴と言われるアライグマです。簡単には殺せないでしょうから、おそらく鐵太郎さんの鎮静剤を使って目的を果たした」

祥が言い返さないのを見て、冨貴江もそれが真相だと気づいたようだった。しかし、まだわからないことがあった。

「わたしがまんまと騙されたとしても、どうして殺したのが主人じゃなくて祥なの？」

「それこそが、惚れた弱みなんですよ」

右京のことばの意味を咀嚼《そしゃく》し、冨貴江は目を瞠った。

「ふたり……そうだったの？」

「祥さんが鐵太郎さんを殺したと知ったとき、鋼太郎さんは驚愕《きょうがく》したでしょう。そして、とにもかくにも祥さんを守るにはどうすればいいかを考えた。真っ先に選択肢から外れたのは、鐵太郎さんの死亡を通報することです。例えば病死と偽って。これは相当のリスクを伴う。変死扱いで警察が来てしまいますからねえ。殺害が露見する可能性が非常に高い。すなわち、通報は避けたいのですが、それには三上先生を巻きこむ必要があります。しかし、祥さんが殺したのでは、三上先生を巻きこめないんですよ」

右京が事件の核心に迫ると、亘も続いた。

「だって、祥さんが殺したのならば、先生、喜んで告発するでしょ？　通常ならば鐵太郎さんの遺産を半分相続する権利のある祥さんが、そのことで相続人から外れるわけですから」

「早い話、祥さんを庇う謂《いわ》れはこれっぽっちもない。そこで、鋼太郎さんは捨て身の作戦に出ました。自分が殺したと伝えたわけです」

「鋼太郎さんが殺したとなると、簡単に告発というわけにはいきませんもんねえ。鋼太郎さんに相続権がなくなると、祥さんが遺産を総取り。さすがに、それは我慢ならないでしょう」

右京と亘から交互に言い立てられ、冨貴江は眉間に皺《しわ》を寄せた。

「不愉快。まるでわたしがお金のためだけに、今回のことをしでかしたみたいな言い方」

ここで亘が冨貴江の発言を蒸し返す。

「夫の落ち度なんかで地位を失うのが嫌だったのは、もちろんそのとおりでしょうけど、遺産の問題も大きかったんじゃありません？　そもそも鬼束家の遺産相続権のない先生にとって、夫、鋼太郎さんは頼みの綱ですから」

右京も容赦なく罪を暴き立てる。

「いずれにせよ、あえて申しましょう。冷め切った夫婦の利害が一致して、鐵太郎さんの行方不明と遺体の秘匿が実行されたんです。さて、死体遺棄については、素直にお認めになっている三人の供述どおり、遺体の秘匿については三上先生の主導でおこなわれましたが、鋼太郎さんは最初から万が一のときの保険をかけていた。それがつまり遺体の偽装でした」

「運悪く遺体が発見されてしまった場合には、罪を三上先生になすりつけられるように工作を施した」

亘のことばを受け、右京が鋼太郎と祥を告発した。

「ええ、おふたりで」

鋼太郎の脳裏に、祥が鐵太郎を殺したときの場面が蘇《よみがえ》った――。

鋼太郎が帰宅して大広間に入ったとき、祥がソファに座る鐵太郎に覆いかぶさるようにして、その顔にクッションを押しつけていたのだ。鋼太郎は懸命に祥を引き離そうとしたが、時すでに遅かった。なんとか引き離したときには、鐵太郎はすでに息をしていなかった。元看護師の祥ならば救命処置ができる。そう思いついた鋼太郎は、祥に人工呼吸を命じたが、祥はこう答えたのだった。

——したければ、自分でしてください。

人工呼吸などしたくない。鋼太郎がためらっていると、祥は殺害の理由を語った。

——鐵太郎さんが悪いんです。わたし、奥さんなのに、お金をちっとも自由にさせてくれないから……。

おそらく、一時的な錯乱状態に陥って殺してしまったのだろう。祥は突然魂が抜けたようになり、虚《うつ》ろな目でつぶやいた。

——どうしよう……。

祥に好意を寄せていた鋼太郎は、このまま祥を殺人犯として突き出すことなどできなかった。そして善後策を考えることにしたのだ。自らを犯人として、妻の力を借りて祥に罪を逃れさせるという究極の善後策を——。

「っていうことで、三人ともまずは死体遺棄容疑で逮捕します。これで皆さん、正式に被疑者」

伊丹が三人に告げると、芹沢が逮捕状を掲げた。

「これ、令状です。確認します？」

誰も反応しないので、伊丹が言った。

「あとで改めて、またゆっくりお話はお聞きしますすよ。先生も特別扱いは終了」

ここで鋼太郎が伊丹に訴えた。

「いや、違うんだよ。あの……俺が殺したんだよ。あの……冨貴江に電話したとおり、祥は無関係なんだよ」

そのとき祥が鋼太郎の背後でわずかに頰を緩めたことに、鋼太郎は気づいていなかった。

芹沢は取り合わず、鋼太郎と祥の肩を叩く。

「行きましょう」

伊丹は冨貴江を促した。

「先生もどうぞ」

立ち去ろうとする冨貴江を、右京が左手の人差し指を立てて呼び止めた。

「あっ、ひとつ……。三上先生、あなたが遺体を土の中に隠してくれたおかげで、こんな季節にもかかわらず、腐敗の進行が遅れて、調べを進める上で大いに助かりましたよ」

冨貴江はなにも言わず、わずかに頭をさげた。

数日後、警視庁の面会室に甲斐峯秋と冨貴江の姿があった。

「過ちを償う機会を与えていただいて、お礼を言うべきなのかしら？」

仕切り越しに語った冨貴江に、峯秋が心情を述べる。

「僕はね、しくじりに対して、どんどん寛容になっている。それこそ、前はしくじる人間は許せなかった。失敗する奴はそれまで。そこで終わり。やり直せるなんて思っちゃいなかったんだよ」

「今は違うってことですか？」

「再チャレンジをすることを勧めたいと思う。心底ね」このとき、峯秋の頭の中には息子の享の顔が浮かんでいた。「勝手なもんだね、人間なんて」

衣笠藤治が特命係の小部屋を訪れたとき、右京は紅茶を淹れており、亘はデスクでコーヒーを飲んでいた。黙って入ってきた副総監にふたりが目礼をすると、衣笠は青木が掛けた暖簾を見つめて言った。

「噂には聞いていたが、たしかにやることが幼稚だな」

その声を聞いて、青木が顔を出す。

た。

「副総監……⁉」

衣笠の姿を認めて、青木が直立不動になった。衣笠は右京の前へ行き、誓約書を掲げた。

「一応、約束は果たされたものと認めよう」

衣笠が右京の目の前で誓約書を破ると、右京は「それはどうも」と腰を折った。

衣笠は青木に、「くだらんものは撤去しろ。どう取り繕おうと、お前は今は特命係だ」と言い放つと、小部屋から出ていこうとした。亘がそれを呼び止めた。

「あの、辞表、破ってもらえますか？」

衣笠は振り返って、右京に向かって宣言した。

「辞表は預かっとく。お前はクビになることなど、屁とも思わないのだろうが、そうはいっても、その切り札を俺が握っているのは不愉快だろう？　だから、預かっておく。無論、しかるべきときには、躊躇《ちゅうちょ》なく首にしてやるから、そのつもりでいろ」

立ち去る衣笠の背中を見ながら、亘が言った。

「だそうです」

「なるほど」

右京と亘は顔を見合わせた。

＊アライグマをペットとして飼うことは、法律で禁止されています。

第二話
「辞書の神様」

一

都下の公園で男の死体が見つかった。先に現場に来ていた捜査一課の芹沢慶二が、遅れて到着した先輩の伊丹憲一に初動捜査の概要を手短に伝えた。

「殺されたのは中西茂《なかにししげる》さん、三十四歳。〈文礼堂《ぶんれいどう》出版〉の辞書編集者です。このあたりは夜間人通りが少ないので、目撃者もまだ見つかってません」

伊丹が遺体に視線を落とす。遺体は刃物による多数の刺し傷で血まみれだった。

「めった刺しだな」

「怨恨ですかね」

「だろうな」伊丹がうなずく。「……にしても、なんの編集者だって？」

「辞書です」芹沢が答えた。「『千言万辞《せんげんばんじ》』っていう」

現場には呼ばれてもいないのに、特命係の杉下右京と冠城亘の姿があった。右京は白い手袋をはめて、被害者の名刺入れを取りあげると、中の名刺を検《あらた》めた。

「キャバクラ……相席酒場……個室バー……」

「結構チャラいですね。辞書編集者ってもっと硬派なもんだと」

亘が感想を述べていると、伊丹がふたりの姿を見つけて、やってきた。

「あのねえ、なんですか、また?」

亘が謎めかした答え方で応じた。

「愛読書なんだそうです」

「はあ?」

右京がきちんと答える。

「『千言万辞』を読むのが、寝る前の楽しみのひとつなので」

「辞書が?」伊丹が呆れたような声を出す。

「どれも一緒でしょ」

芹沢のことばに、右京は即座に反論した。

「とんでもない! 辞書によって見出し語、語釈、まったく違います。文礼堂さんからはふたつの辞書が出ていますが、『文礼堂国語辞典』は学習辞書、『千言万辞』は引くのではなく読むための辞書と愛好家の間では言われてますねえ」

「あっ、そうですか」

伊丹は興味なさそうに受け流そうとしたが、右京は辞書の一節を諳《そら》んじて熱く語った。

「『夢』の語釈など、まるで詩のようですよ。『夢、それを語るとき、誰もが少年少女の顔に戻り、生きる喜びとなる。叶わないことのほうが多く、叶えばこの上もなく幸せだが、それがいつしか当たり前となれば輝きを失う。叶っても叶わなくても淡い思いの残るもの』」

右京が語釈を味わうようにうなずく。

「深いなあ……」

亘が感じ入ったような顔になると、芹沢も同意した。

「それ、わかるわ。俺も警察に憧れて、島根……」

現実主義者の伊丹が、後輩の背中を叩いてたしなめた。

「なに、乗ってんだよ！　ほら、聞きこみに行くぞ！」

ふたりが立ち去ったところで、亘が右京に言った。

「伊丹さんには響きませんでしたね」

「まあ、これでじっくり調べられます」

ふたりは遺体のそばに近づき、まじまじと見つめた。中西が着ているストライプのシャツは、血で真っ赤に染まっていた。

「こんなに刺して……相当憎んでたんですかね？」

亘が示した見方を、右京は鵜《う》呑《の》みにはしなかった。

「いや、それにしては、浅い傷もあるようですねえ」

遺体を検分していた鑑識課の益子桑栄が自分の見解を披露した。

「感情で刺したっていうより、一度じゃ致命傷にならなかったんで、何度も刺したってとこだな。鋭利な刃物じゃない。おそらくペーパーナイフだ」

「ペーパーナイフ？　でも、なんでわざわざそんなもので？」

亘が疑問を呈すると、右京が右手の人差し指を立てた。

「それも気になりますねえ」


右京と亘は、さっそく〈文礼堂出版〉を訪れることにした。受付で用件を述べると、女性社員がふたりをフロアの奥にひっそりと置かれた辞書編集部へと案内した。そして、部長の和田利広《わだとしひろ》に引き合わせてくれた。

和田は狭い打ち合わせスペースに特命係のふたりを連れていく。

「どうぞ、こちらにお座りください」自分もふたりの正面に腰を下ろす。「いやあ、驚きました。まさか中西が……。いったいどこで？」

「大田区にある、〈ふれあい公園〉です」

「ええっ？」

亘が口にした地名に過剰な反応を示す和田に、右京が興味を抱いた。

「なにか？」

「いえ、昨夜九時過ぎ、中西がそこで先生に会うと電話して出ていったので」

「先生というのは、大鷹公介《おおたかこうすけ》先生のことですね？」

大鷹公介とは、『千言万辞』の編者だった。右京はもちろんその名を知っていた。

「はい。公園の近くに仕事場があって……」

「ちなみに、どのような話をされに？」

右京が踏みこむと、和田は少しためらってから明かした。

「はい……実は、主幹交代のことで」

「主幹交代？」

「普通は、私たちが有識者の先生方を集めて編集会議をおこない、作業分担しながら進めていくんですが、この『千言万辞』はすべて大鷹先生ひとりの手で作られていて……」

周囲にある大量の校正紙を見回して、亘が驚嘆の声をあげる。

「これをひとりで？」

「ええ。大鷹先生はこだわりが強すぎて、作業が遅れるばかりだと中西が言い出したんですよ。大鷹先生を降ろして、先生の後輩の国島《くにしま》さんを主幹にしましょう、と。中西は辞書の厚さを変えずに収録語を増やせるよう、薄紙作りに取り組んだり、今風の装丁に変えたりと、積極的に動いてました。主幹交代も、そうした辞書を思ってのことかと……」

淡々と語る和田に、右京が残念そうに言った。

「ですがそれでは、あの個性も失われてしまいそうですね」

「ああ、あなたもお好きですか？」

和田がわずかに目を輝かせるのを見て、亘が言い添えた。

「大ファンみたいですよ」

「ありがとうございます」和田は付箋《ふせん》のたくさん貼られた校正紙に目をやり、「ですが……出版を間近に控え、私も部長として、主幹交代を認めざるを得なかったんです。中西は昨日、そのことを話しに行きました」


〈文礼堂出版〉を辞した右京と亘は、次に大鷹公介を訪問することにした。住所表示を確認しながら歩いていると、怪しい光景に出くわした。

学校帰りの三人の女子高生が道端でなにやら立ち話をしている。くたびれた格好の風《ふう》采《さい》のあがらない初老の男が、女子高生の背後にぴったり張りついているのだ。しかも両者の間には段差があり、女子高生が立っているのは男の立つ位置よりも高かったため、男の目の前には制服のスカートから伸びた足があった。

「あっ、ちょっと……。右京さん」

「おやおや」

痴漢発見とばかりに、亘が大股で近づいていく。右京もあとを追った。

女子高生たちはおしゃべりに夢中になり、なにも気づいていなかった。

「そういや、未亜《みあ》さ、オヤジと会うって言ってたの、昨日じゃね？」

「それな。オヤジと腕組んで歩いてるとき、彼氏と鉢合わせした」

「マジか！」

「うわあ、終わってんな」

「パパだって言い張ったけど……」

「いや、無理っしょ！　オヤジ五十オーバーっしょ？」

亘が男の腕をつかむ。

「なにやってんですか！　もう、やめなさい！」

男はそれを振りほどこうとして、手帳を落としてしまった。突然背後で起こった騒動に、女子高生たちが「なに、なに？」と見守るなか、男は「つかみ損ねたじゃないか！」と亘を一喝した。

「あっ、すいません」

よくわからないままに亘が謝ると、手帳を拾った右京が驚いたように言った。

「ひょっとして『千言万辞』の大鷹公介先生でしょうか？」

「だったらなんだね？」

「僕、ファンです」

大鷹は戸惑いながら、「あ……ありがとう」と応じた。

右京が手帳に殴り書きされた文字を解読する。

「ちょっとよろしいですか？　『ここでエンカとかマジ卍《まんじ》』『秒で沸いたわー』ですか。『エンカ』はエンカウンター、遭遇の意味でしょうかねえ。『マジ卍』は君、わかりますか？」

いきなり振られた亘は首をひねった。

「さあ……」

「意外とおじさんですねえ」

右京にからかわれ、亘が反論する。

「乱れてるんですね。こういうのは、辞書を作る人が一番嫌うことばだと思ってましたが」

しかし大鷹は同意せず、異論を唱えた。

「ことばというのは、石ころみたいなもんなんだよ。最初は手触りが悪いが、使いこんでいくうちにだんだん角が取れて、光り輝いていくものなんだ。例えば……愛というのは、振り向いても振り向いても、また振り返ってしまうという切ない心。ことばというのは変化していくんだ。その変化をすぐにつかまないと……」

口角泡を飛ばしながら力説する大鷹を、右京は「なるほど、面白いですねえ」と称賛したが、亘はぽかんとしていた。そんな亘に大鷹がつかみかかる。

「お前、さっき貴重な変化を取り逃がしちゃったじゃないか！　どうしてくれるんだ！」

オヤジたちの訳のわからない小競り合いを、女子高生たちが興味深そうに見つめていた。


仕事場の自室に戻った大鷹は、一刻も無駄にできないとばかりに先ほど手帳に記した新しいことばをノートに書き写しはじめた。部屋の中には膨大な数のメモや切り抜きが散乱しており、雑然としていた。おそらく大鷹にとっては宝の山なのであろうが、亘にはゴミ屋敷とさほど変わらないように見えた。

仕事場には他にも部屋があり、隣の部屋では宮内友里子《みやうちゆりこ》という女性がパソコンに向かっていた。

「もう三年かな？　作業を手伝う契約社員としてここに。わたしは、用例採集っていうんですけど、先生が集めたまだ辞書にないこういうことばをデータに入れたりしています」

友里子の隣のデスクには、たくさんの新聞や雑誌が重ねて置かれていた。

「これは何日分溜めちゃったんですか？」

亘が訊《き》くと、友里子はさも当然のように、「今日のです」と答えた。

「えっ⁉　こ……これを毎日？」

目を丸くする亘に、友里子が言った。

「全紙取っています」

「二部ずつありますねえ」

右京が目敏《めざと》く指摘すると、友里子が説明した。

「気になると、先生がすぐ切り抜いちゃって。そうすると裏が読めなくなるから、雑誌でもなんでもこうしてふたつずつ」

右京が身を乗り出して訊く。

「ちなみに、昨日はどちらに？」

「友達と買い物を。久しぶりのお休みだったので」

「なかなか休めないんですか？」

亘の疑問に答えたのは、同じ部屋で作業をしていた国島弘明《ひろあき》だった。

「出版が近いですからね。といっても、私は終日大学でしたが」

眼鏡をかけて落ち着いた口調で話す国島に、亘が質問した。

「国島さんは大学教授ですよね。両立は大変ですよね？」

「普通ですよ。まあ、辞書作りに協力している言語学者は多いですが、私たちの本業はやはり論文を書くことなんで」

国島の回答に、右京が反応した。

「では、第三版のときは本業のほうがお忙しかったんですね？」

「えっ？」

「そのときだけ、巻末に国島さんのお名前がありませんでした」

「よくご存じですね」国島が資料の本をめくりながら感心した。「ええ、そうです。それに、改訂は七年おきですしね。これだけではとても食べてはいけませんよ。大鷹先生だけです、やっていけるのは」

「たしか、大鷹先生は『千言万辞』に専念するために教授を辞められたとか」

「今や、辞書といえば大鷹公介ですから。辞書だけで十分やっていけるんでしょう」

国島のことばにはわずかにトゲが感じられた。

「では、昨夜はここに先生おひとりだったんですか？」

亘のこの質問に答えたのは、友里子だった。

「いいえ、佐知江《さちえ》さんがいたと思います。この二階に先生が住んでいるので、お手伝いさんが来るんです、週に三日」

それを聞いた亘は、大鷹の部屋に戻り、尋ねた。

「昨夜の九時過ぎ、中西さんがここにかけた電話を取ったのは先生ですか？　それとも佐知江さん？」作業に没頭し、答えようとしない大鷹に、亘が焦《じ》れる。「先生、中西さんの事件のことを話してるんですが……」

大鷹は顔をあげると、亘をさらに戸惑わせた。

「君は電話を『取る』と言うんだね。『出る』じゃなくて。それ、家の電話だからかね？ 携帯でもそう言うのかね？」

啞然《あぜん》とする亘に、友里子が答えた。

「きっと佐知江さんが出たんだと思います。わたしたちが先生より先に出るのは当然ですから」

「それで、中西さんと会ってなにを話されたのでしょう？」

右京が丁寧に問いかけたが、公介は憤然と立ちあがると、隣の部屋へ行き、国島の前に立った。

「いい加減にしろ！ あ、あそこにあった……ペットボトルは？ あのラベルは原石なんだ！ ことばというのは一期一会だと、いつもいつも言ってるだろうが！ お前は何年、俺の下でやってるんだ！」

突然怒鳴りつけた大鷹に、国島が頭をさげる。

「どうもすいません」

ここで友里子が、箱に入った菓子を差し出した。

「先生、まんじゅう」

「まんじゅう。うん、ありがとう……」

まんじゅうを三個手に取った大鷹は、少し落ち着いたのか、自分のデスクに戻っていく。友里子は特命係のふたりにも菓子折りを差し出した。

「よかったら。いただき物なんですが」

上司の杉下右京も相当な変わり者だが、大鷹公介はそれを上回る変わり者だ。亘がそんなことを思いながら、まんじゅうに手を出していると、変わり者の上司が、変わり者の辞書の編者のもとへ近寄っていく。右京は大鷹のデスクにかがみこむと、『千言万辞出版記念』と刻印されたペーパーナイフが置かれているのに目を留めた。

「おや、二十年以上も前のものを大切になさってるんですねえ。他にもペーパーナイフがあるようですが、これ、すべてお預かりしてもよろしいでしょうか？」

大鷹はまんじゅうを食べながら、機嫌を直して軽くうなずいた。

「うん、いいよ」

二

「記念のペーパーナイフが遺体の傷痕《きずあと》とぴったり一致した」

益子が鑑識課を訪れた右京と亘に検証結果を見せた。亘が鑑定書を見て疑問を抱いた。

「でも、血液反応がありませんね」

右京も不自然な点に気づいていた。

「指紋すら出ていませんねえ」

「デスクにあったのに不自然ですね」

そこへ捜査一課の伊丹と芹沢が現れた。伊丹が「できたか？」と訊くと、益子が「おお、ほら」と被害者中西のスマホを渡す。

伊丹が特命係のふたりに面当てする。

「自分らばっかり活躍してると思ってるだろう。残念でした」

伊丹が差し出したスマホには、ＳＮＳの通信機能の画面が表示されていた。通信相手は「こーちゃん」となっている。

亘がスマホをのぞきこむ。

「こーちゃんって誰？」

「ひょっとして……」

右京が言う前に、伊丹が答えを口にした。

「大鷹公介先生です」

「今の連中って、仕事での電話やメールやらないんだって。で、調べてみたらこれが……」

芹沢が自慢げに説明し、伊丹が継いだ。

「古い内容は消えていくらしいんだけど、復元してもらった」

「ちょっとすいません」

亘は伊丹の手からスマホを奪い取ると、今度は中西と国島のやりとりを表示させた。

――以前からお話しさせていただいていた序文の件ですが、やはり今回は国島さんにお願いしたいと思っております。

中西の発言に、国島はこう応じていた。

――はい、そのつもりでおります。序文の原稿に関してもできあがり次第お送りいたしますのでお待ちください。

「右京さん、これ……」

「序文は当然、主幹が書くものですねえ」

「裏ではとっくに主幹交代の根回しが済んでたってことですね。でも、国島さんは論文重視で辞書にはそんなに……」

「もしそうであれば、最初から関わらなかったんじゃありませんかねえ。興味があればこそ、先生の誘いに応じて初版、第二版と関わった。しかし、なぜか第三版だけは外れています。それなのに、今回また戻った」

亘と右京の会話に耳をそばだてていた伊丹が、スマホを奪い返す。

「横取りするために戻ったのかもしれねえな。おい、行くぞ」

「はい」

芹沢は答え、先に行く伊丹のあとを追った。

右京と亘は〈文礼堂出版〉を再訪し、和田と面会した。右京が大鷹と国島の関係を質《ただ》すと、和田は少し困ったような表情になった。

「ふたりの関係ですか？」

「ええ、ちょっと気になりましてね」

「正直、微妙なものがあります。大鷹先生は世間の知名度は高いですが、学会ではあまり……。ことば集めなんて素人にでもできると、下に見られていたようです。学者は学会での評価がすべて。だから、先生はひと回りも年下の国島さんに抜かされて、立場がなかったんです。大学教授を辞めたのも、辞書作りに専念するためだと言ってますが、実際は逃げたんだろうと……。それでも先生のような方がいてくれて、ありがたいですけどね。辞書作りは大変なわりにはお金にならない。電子辞書や少子化のあおりで、やめていく出版社も増えています。ですが、我々には社会的使命がある」

力強く語る和田に、右京が同意した。

「おっしゃるとおりですねえ」

「でも、じゃあどうしてふたりはまた一緒にやることに？」

亘が疑問を呈すると、和田も首をひねった。

「それは私も意外でした。中西が声をかけたところで、また国島さんが戻ってくるなんて思っていなかったんですが……」

「つまり、主幹交代の約束が最初から？」

右京がほのめかしても、和田は「さあ……よくわかりません」と答えるばかりだった。

亘が近くにあった『千言万辞』を手に取り、めくりはじめた。

「あっ。あれから僕も読みました。なかなかぶっ飛んでますよね。えーっと、『平凡で……平凡で……』」

亘が思い出そうとしている語釈を、右京が完璧に暗誦《あんしょう》した。

「『平凡でつまらない価値観。新しいものを拒む頭の古い考え。今これを読んで不快に感じているあなたのこと』」

「そう。それそれ！」

和田が嬉しそうな顔になる。

「『常識』の項ですね。『千言万辞』は、『文礼堂国語辞典』のアンチとして書かれてますから。まさに常識外れが売りで……」

「面白かったです。辞書に語りかけられるなんて……」

亘の褒めことばに、和田は自嘲めいた笑みを浮かべた。

「実を言うと、これにはクレームも多いんです。先生の感情で書かれてますから、不愉快だと思われる表現も多くて。独りよがりだと……。あなたのように思ってくださる人ばかりだと嬉しいんですけどね」


翌朝、右京と亘が大鷹の仕事場を訪れると、初老の女性が郵便受けから新聞を取り出しているところだった。先日の友里子の話に出てきた「お手伝いさんの佐知江さん」に違いないと考えたふたりは、近づいて声をかけた。

「おはようございます。警視庁特命係の杉下といいます」

「冠城です。中西さんのこと、聞いてらっしゃいますか？」

「ええ、ちょっと……。でもあたし、仕事関係のこと、なにもわかりませんよ」

「いえいえ」右京が佐知江の警戒を解く。「先生の普段のようすを知りたいんです」

「はあ……」

「持ちましょうか？」

亘が大量の新聞を両手で抱えた。

「どうぞ。入ってください」

玄関ドアの施錠《せじょう》を解いた佐知江に、亘が訊いた。

「ちなみに、ここの鍵は皆さんお持ちなんですか？」

「ええ、関係者は。新聞、そこに置いてください」

亘は廊下に置いてある黒電話に目をやり、「事件の夜、電話を取ったのは佐知江さんでした？」

「ええ。編集部の中西さんからで、今から会社を出るので、一時間後に公園で会いたいと」

庭に出て草むしりをはじめた佐知江のあとに従い、右京が質問した。

「先生とは、いつもどのようなお話を？」

「話しませんね。なるべく黙っています。いつだってメモ片手にいますし。なにかが興味を引いて、『それはなんだ？』『どんな意味だ？』なんて質問攻めにされたら大変ですよ」

すでに洗礼を受けている亘が、「わかります」と笑う。

「辞書というのは、偉い先生がまともな生活を捨てなきゃできない仕事なんですね」

佐知江の発言を亘が聞きとがめた。

「まともな生活を捨てる？」

と、このとき、国島が伊丹、芹沢と一緒に門から入ってきた。

「いったいなんです？　大勢で押しかけて」

不機嫌そうな国島に、右京が腰を折った。

「ああ、すみませんねえ。昨日は佐知江さんにお話をうかがえなかったもので」

「邪魔入っちゃいましたけど、先ほどの続きを……」

亘が佐知江に言うと、伊丹がいきりたつ。

「邪魔だあ⁉」

「どっちがだよ！　もう……」

芹沢もむくれたが、右京は意に介さず、佐知江を促した。

「はい、どうぞ」

「ええ。奥さんと子供さんもいたそうなんですが、逃げられてしまったそうで……。そりゃそうでしょう。お風呂やトイレに入っても、何時間でもこもって……。そういう人なんですよ」

「ことば集めは、あの人の唯一の楽しみなんです。今では辞書に必要のないことばまで集めています。ただ、ことばに取り憑《つ》かれてるだけなんですよ」

国島の補足に揶揄《やゆ》の響きを感じ取った右京が、ずばりと切りこむ。

「そのような思いのあなたが、なぜまた先生と一緒に辞書作りを？」

「行きがかり上です」

ことばを濁す国島に、亘がかまをかける。「主幹交代の密約があったからでは？」

「行きがかり上です」

にべもなく繰り返して玄関から入ろうとする国島に、佐知江がふと思い出したかのように訊いた。

「そういえばありました？」

「はい？」

「一昨日、あたしが帰るとこにひょっこり来て、なにかないとか、いるとか、おっしゃってたじゃないですか」

「ああ……おかげさまで」

国島がなにか隠しているようすなのに気づいて、亘が攻めこんだ。

「たしかあの日、終日大学にいらしたとおっしゃってましたね」

「終日、大学でした。その帰りに、忘れ物を取りにちょっと寄っただけです。たかだか数分のことです。そんな細かいことまで言わなければいけないんですか？」

「変に疑われたくなければ」

伊丹が国島に忠告したとき、家の中から「誰だーっ！」と叫ぶ大鷹の声が聞こえてきた。

「あらまた……」

ぼやく佐知江に、芹沢が訊き返す。

「また？」

「近頃、よく癇癪《かんしゃく》を起こすようになって……」

「出版前で忙しいんです。もう帰ってください」

　国島が警察官たちを追い払うように言った。


　次の日の午前中、特命係の小部屋で亘は、プリントアウトされた中西とこーちゃんこと大鷹のSNSでのやりとりの記録を眺めていた。ときどき通話もあるようだが、メッセージのやりとりは他愛のない内容ばかりだった。

「仕事の話がほとんどありませんね。これって、中西さんが先生のことなんか眼中になかったせいですかね?」

　右京からの返事はない。

　亘が「あっ、聞いてませんか」と苦笑したとき、右京が思いついたように言った。

「どうして携帯にしなかったのでしょう?」

「聞いてましたか……」

「ずっとSNSでやりとりをしていて、そのツールを使って電話もしていた。なのになぜあの夜だけは、仕事場の電話を使って呼び出したのでしょう」

「たしかに。実際、佐知江さんが出ています。内密の話なのに、携帯で直接呼び出さないなんておかしいですよね」

ふたりの会話を聞きつけて、特命係の小部屋の片隅に自分だけの小スペースを作ってこもっている青木年男が出てきた。

「まだしつこくやってるんですか？　もう首突っこむなって、捜査一課から言われたんでしょ？」

「吸引力の悪い掃除機か、お前」

亘のたとえがピンとこず、青木は「はあ？」と戸惑う。すかさず亘が言った。

「呑みこみが悪いって言ってんの。言われてやめるような人じゃないの。わかんない？」

「よーくわかってますよ。だから、情報持ってきてあげたのに。感じ悪いこと言うなら、教えてあげませんよ」

子供のような態度をとる青木を、右京がピシャリと叱る。

「青木くん、君と冠城くんは警察学校の同期かもしれませんが、僕は今、君の上司ですよ」

「はい」

「さっさと言いなさいよ！」

「伊丹さんたちが被疑者を引っ張ってきました。あの晩、公園前を通った車のドライブレコーダーに映っていたそうです」

被疑者とは国島弘明のことだった。警視庁の取調室では、伊丹と芹沢によって、国島の取り調べがおこなわれていた。

「詳しく説明していただけますか?」

伊丹が机の上に一枚の写真を置いた。ドライブレコーダーの映像を切り取ったもので、公園に入ろうとする国島の姿がはっきりと写っていた。

「忘れ物を取りに寄っただけなら、公園には行きませんよね?」

芹沢に迫られ、国島は目を逸《そ》らした。

「気分転換に、ちょっと遠回りを」

続いて、伊丹がビニール袋に入った証拠品のペーパーナイフを取り出した。

「大学の研究室から発見されました。血液反応もあった。中西さんは、大鷹先生とうまくいってなかったそうですね。それで、あなたに戻ってきてほしいと頼みこんだ。あなたはその立場を利用して、主幹を交代するならと、条件を持ち出したんじゃないですか?」

芹沢は、『千言万辞』第四版の装丁の校正紙を机に広げた。『千言万辞』の書名の下に、大きな文字で「大鷹公介編」という文字が見える。

「今回の装丁の見本です。表紙の主幹の名前は変わらず大鷹公介。これを目にしたあなたは中西さんに裏切られたと思った。違いますか?」

国島が大きくため息をついた。

「そうです。今になって中西は、私にはネームバリューがないから、表紙に載せるなんてあり得ないと……」

「主幹、ということばに取り憑かれていたのは、あなたのほうだったようですね」

伊丹に指摘され、国島がうなだれる。

取り調べのようすをマジックミラー越しにうかがっていた亘が、隣に立っている右京に言った。

「なにか釈然としませんね」

「もし国島さんが犯人ならば、なぜわざわざ仕事場に立ち寄り、佐知江さんに見られてしまうようなまねをしたのでしょう？」

「じゃあ、国島さんは誰かを庇《かば》って……？」

亘が水を向けても、右京はなにも答えなかった。

三

特命係のふたりは大学の国島の研究室を訪問した。ふたりは主《あるじ》のいない部屋に入り、亘が国島のデスクの引き出しを開けた。

「ペーパーナイフがあったのは、この引き出しですね」

「鍵もかかっていない。凶器を隠すには不用心だと思いませんか？」

「たしかに」亘がうなずく。「まるで見つかっても構わないって感じですね」

右京はデスクの脇に置かれたゴミ箱に視線を向けた。何枚かのメモがくしゃくしゃに丸めて捨てられていた。拾いあげて広げると、「バズる」と書かれていた。

「これ、先生の字ですねえ」

「なんでこんなところに？」亘も別のメモを広げていた。やはり「バズる」と書かれていた。捨てられていたのはすべて「バズる」のメモだった。「こんなにたくさん……」

「ひょっとして……」

右京がなにか思いついたようだった。


ふたりはそのまま大鷹の仕事場へ行った。チャイムを押すと、出てきた友里子が開口一番、心配そうに訊いた。

「国島さんは？」

佐知江も顔を出し、「まさか本当じゃないですよね、犯人なんて」と言い添える。

「いつ戻ってくるんですか？」

なおも訊いてくる友里子に、亘が用件を切り出した。

「まだ詳しく話せませんが、先生にお話が……」

「今はいません。印刷所から呼び出されて……」

「呼び出された？」右京が訊き返す。

「できた紙を、中西さんと国島さんで確認するはずだったんですが、こんな状況なので……」

「呼び出しは携帯ですか？」

右京の質問に答えたのは、佐知江だった。

「いえ、ここの電話で。あたしが出ました」

「なるほど。ちょっと失礼」

亘がそう断り、ふたりは家にあがり、大鷹の部屋に入った。

「なにか気になることでも……？」

不安げな友里子を無視して、亘が上司を呼んだ。

「右京さん。これ……」

亘が指差したのは、デスクの内側に貼られた大量の付箋だった。そこには、印鑑の置き場所や銀行の暗証番号、テレビのつけ方などが記されていた。

右京は警視庁に戻り、取調室で国島と向き合った。

警戒する国島に、右京は箱入りのまんじゅうを差し出した。

「どうぞ。いただき物ですが。うちは男三人だけの部署でしてね。これ、取り調べではありませんから、お気になさらずにどうぞ」

国島が手を伸ばし、まんじゅうを口に含んだところで、右京が言った。

「かなり甘いですよね」

「そうですね」

「初めてお会いしたとき、友里子さんが出してくれたものなんですが、そういえば、先生は三つも召し上がってましたね。先生は甘いものはお好きではないと、なにかの記事で読んだことがあるのですが、まあ味覚というのは変わるそうですから。例えば、病気などをすると」

国島が食べかけのまんじゅうを机に置いて、右京と目を合わせる。

「なんの話ですか？」

「世間話です」右京が微笑《ほほえ》む。「先生はこれまでに百二十万語ものことばを集めたそうですね。計算すると、一日、百以上のことばを収集したことになります」

「だから言ったでしょう。取り憑かれていると」

「通常は二十万語も集めれば、驚異的と言われるそうですね」

「無駄に集めたもんです」

「その膨大な下調べがあればこそ、あの独特な辞書は生まれた。まさに辞書の神様です。

地位や肩書から離れて、自分の好きなものに人生を捧げる。立派な生き方です。しかし、なかなかそこまで思い切ることはできません。だからこそなおさら、それができる人が癪に障ってしまう」

「誰のことを言っているんですか？」

国島の声のトーンがあがった。

「一般論ですよ」

右京がさらりとかわすと、国島は感情をやや高ぶらせて主張した。

「辞書作りに生きるということは、すべての生活を失うということです。家族も、自由も、時間も。あれが立派な……幸せな生き方に見えますか？」

「だからこそあなたは、誰にもできない生き方をしている先生の思いに応えたいと思った」

右京のことばに、国島が目を伏せたとき、ノックの音がして、亘が入ってきた。

亘は右京の耳に入れるのと同時に、国島にも聞こえるように言った。

「大鷹先生が自首してきました」

伊丹と芹沢にはさまれて警視庁の廊下を歩いてくる大鷹公介の前に、右京と亘が立った。

「先生」

右京の呼びかけに、大鷹は「俺がやった」と応じた。

「もうお話は？」

右京に問われ、伊丹が「ええ。先ほど」と首肯する。

「もう一度お願いしてもよろしいでしょうか？」

右京が請うと、芹沢が面倒くさそうに、「それはこちらでやりますので」とはねのける。

「もう一度だけ。伊丹さん、お願いします」

右京に頭をさげられ、伊丹は不承不承、「先生」と大鷹を促した。

大鷹が平板な声でつっかえながら自供する。

「お、おとついの……夜、中西に電話でよ、呼び出されて……主幹を交代すると……そ、それで……それで……ナイフ用意した。ペーパー……ペーパーナイフで、おとつい……おとついの夜……ああっ……」

「どうしたんですか？　先生。さっきは言えてたじゃないですか！」

伊丹が怪訝《けげん》そうに言うと、大鷹は手帳を取り出そうとした。しかし、手が震えて床に落としてしまった。それでますます混乱したのか、いきなりわめきはじめた。

「あっ……ああ……！　あいつじゃない！　お……俺がやった！」

頭を押さえて倒れる大鷹に、伊丹が声をかける。

「先生！　落ち着いて……」

芹沢は周囲に呼びかけた。

「担架、持ってきて！」

警視庁の廊下が小さなパニック状態に陥るなか、右京は大鷹の手帳を拾いあげた。


翌日、右京は再び取調室に戻り、国島弘明と向き合った。

「あの人は？」

大鷹が気がかりなようすの国島に、右京は「体調が思わしくないようで、病院に」と告げると、こう続けた。「お互いに、覚悟されていたんですね。だからこそ、複雑な関係を乗り越えて再び手を取り合った。これが最後だったから」

「おっしゃってる意味がわかりません」

認めようとしない国島の前に、大鷹のデスクに貼ってあった付箋を並べる。

「アルツハイマーなんですね。あなたと友里子さんでずっとケアされてきました。佐知江さんにすら黙っていた。もちろん編集部にも。編纂《へんさん》が無理だと判断されれば、出版されない可能性がありましたからね。しかしながら、先生の病気に気づいた中西さんは、主幹交代を言い出しました」

国島が右京を遮って、主張した。

「私が手伝ったのは、今度こそ、自分の手柄にしてやろうと思ったからです。あれは私の辞書だ。あの語釈は私が思っていることを写したようにそっくりなんです……それでわかった。生き方は違っても、私たちは同じように世の中を見ていた。同じものを憎み、同じものに感動し、同じ時代を生きて……だから……」

その頃、大鷹が担ぎこまれた病院の廊下では、伊丹が歯噛《はが》みをしていた。

「まさか、こうくるとはな……」

「じゃあ国島は、無事出版されるまでの時間稼ぎで……?」

芹沢が質問すると、亘は「おそらく」と答え、大鷹の手帳を開いた。そこには大鷹の筆跡で次のように書き殴られていた。

――一昨日の夜、中西から電話で公園に呼び出された。主幹を交代すると一方的に降ろされた。用意していたペーパーナイフで何度も刺して殺した。俺がやった。

「丸暗記だったってことですね」

亘の手から、伊丹が手帳を奪った。

「とはいえ、事実だろ。思い出したから書けた。取り調べできないからって、このまま終わらせてたまるか。行くぞ」

伊丹は芹沢を伴って去っていった。

引き続き、取調室では右京が国島に自分の推理を語っていた。

「あの日は休みでしたが、心配になってようすを見に行ったあなたは、佐知江さんから先生が呼び出されたと聞いて不安になった。公園に行ってみると、ペーパーナイフで刺し殺された中西さんと、その近くでぼうっとしている大鷹先生を見つけた。先生のそのようすに、あなたは隠し通すことを心に決めた」

「違います」

国島は否定したが、右京は続けた。

「先生のペーパーナイフを持ち去り、自分のものとすり替えた」

「違う」

「先生を庇うために」

「いいえ！」

「国島さん！」

「先生の……いえ、先生と私の辞書を守るために、私がやりました」

国島は一歩も引かなかった。

仕事場を訪れた亘に、友里子は後悔の混じった声で言った。

「どうしてこんなことに……信じられません。わたしがもっと早く病気のことを刑事さんに話してたら、なにか違ってたのかな……」

亘が慰めのことばをかけた。

「まだ先生がやったと決まったわけじゃないから」

友里子はこれから病院の大鷹のところへ見舞いにいくつもりで、持っていくものを選んでいるところだった。付箋の貼られた『千言万辞』の校正紙を見つめて迷っている友里子に、亘が助言した。

「持って行ってあげてください。先生のことだから、病室でも作業したいって言い出しますよ」

友里子は頬を緩ませ、校正紙を取りあげた。

「そんな付箋だらけで発行は間に合うんですか？」

亘が心配すると、友里子が打ち明けた。

「実はまだ三十ページも多くて……。でも、もう青だけですから」

「青だけ？」

「青い付箋は、もっと内容を削れます、の印なんです。赤は要検討」

亘と友里子が見舞いにやってきたとき、病院は大騒ぎだった。亘が看護師に尋ねたところ、いつのまにか大鷹が病室から消えたのだという。亘は警備室に行き、防犯カメラの映像を確かめた。それにより、制服警官が突然廊下で倒れた病人への対応で持ち場を離れたときに、大鷹がふらふらと病室を抜け出したことがわかった。

「先生……」

心配する友里子に、亘が宣言した。

「大丈夫です。必ず見つけます」

亘は右京に電話をかけた。

——失踪した？

さすがの右京もこの事態は想定していなかったようだった。

「大鷹先生は、国島さんのところに行ったんじゃないかと」

——では、病院を出て、左を捜してください。

「えっ？　ひ……左？」

右京の命令の意味が、亘にはわからなかったが、とにかく従うことにした。

左に延びる道をしばらくたどっていくと、踏切が見えてきた。もうすぐ電車が通るらしく、遮断機のバーがおりている。その手前、踏切のほうへふらふらと歩いていく人物を見つけた。その後ろ姿で大鷹だとわかり、亘は猛ダッシュした。

亘が追いついたとき、大鷹はバーをくぐろうとしていた。カンカンと警報が鳴っているが、気にしているようすはなかった。亘は間一髪のところで大鷹にしがみつき、踏切内に進入するのを食い止めた。

「誰だ！　痛い……離せ！」

電車が通り過ぎたあと、大鷹は亘を振りほどこうとした。

「先生！　なにやってるんですか！　どこに行こうとしていたんですか？」

「警察に……警察……」

「警察？」

このとき車の急ブレーキの音が聞こえた。振り返ると、右京の車だった。ここまで駆けつけてきたらしい。

車から降りてきた右京に、亘が訊く。

「どうして左だとわかったんですか？」

「行くべき方向がわからないとき、本能的に左に曲がる人が多いそうです。いわゆる左回りの法則ですよ」

「なるほど」

亘が納得していると、パトカーのサイレンが聞こえてきた。右京が緊急配備を要請したのだ。

「情けねえ……こんな負け方……。常識なんかに……」

大鷹がポツリと漏らしたとき、制服警官が到着し、身柄を保護した。警官に連れていかれる大鷹の背中を見ながら、右京が聞いたばかりのことばを復唱した。

「常識に負ける……」

「気になることばですね」

右京が左手の人差し指を立てた。

「ひとつ、確かめたいことがあります」

四

右京と亘が〈文礼堂出版〉を訪れたとき、和田は『千言万辞』の校正紙を段ボール箱に詰めこんでいるところだった。その作業に没頭して、ふたりに気づいていない和田に、亘が話しかけた。

「早まらないほうがいいですよ。またすぐに資料が必要になります」

和田はようやくふたりに気づいてビクッとしたが、すぐに表情を整えて訊いた。

「どういうことですか？」

右京が説明する。

「辞書作りはお金にならない。老舗の〈文礼堂〉さんも、時代の波には逆らえなかったのですね。ふたつある辞書のうち、『文礼堂国語辞典』のほうは、既に絶版が決まっていました」

「先ほど、その事実を確認してきました」と亘。

右京は大鷹の手帳を取り出し、犯行声明の殴り書きの部分を開いた。

「失礼ながら、これを覚えるのがやっとの先生に、人目を忍んで犯行に及ぶなどという冷静な判断ができるとは思えません。これは、先生が思い出したことを書き留めたのではなく、犯人が吹きこんだことをメモしたんです。犯人は、最初から先生を利用するつもりでいた。病気に気づいていることを隠し、都合よく先生を操ろうとしたんですよ」

和田が特命係のふたりに向き合う。

「まさか、それが私だと？」

「ええ、そのとおりです」右京が認めた。

「どうして？」

答えたのは亘だった。

「誰よりも辞書を愛しているからです。ただし、『千言万辞』ではなく、『文礼堂国語辞典』を」亘が『千言万辞』の校正紙を取り出した。五つの校正紙のうち、四つは青い付箋だらけだったが、ひとつは赤い付箋がたくさん貼られていた。「事件の前、三度目の校正刷りを皆さんがチェックしたものですが、あなたのだけ真っ赤。ひとりだけ、この辞書への意識が違うようです」

　右京が和田の心を読む。

「どんなに語釈を変えようにも、『千言万辞』は先生の独断で作られている。あなたは、この辞書の存在そのものが許せなかった。そんなとき、先生の異変に気づいたのです」

「当然、あなたは病気を疑った」

　亘のことばを右京が受ける。

「もしそうなら、出版を中止にできる。『文国』を取り戻して、『千言万辞』に勝てる。そう期待したのではありませんか？」

「だとしたらなんです？　いけませんか？」

　開き直った和田の脳裏には、ある夜のできごとが蘇《よみがえ》っていた――。

　編集部に自分と和田しか残っていないタイミングを見計らい、中西はこう報告した。

　――部長の言うとおり、先生が飲んでたって薬、検索したら、アルツハイマーの薬でした。

「やっぱり……すぐ出版を中止するよう、上に報告する」

思わず浮き立つような声で応えた和田に、中西は異論を唱えた。

——いえ。国島さんに主幹を引き継いでもらうつもりです。国島さんには、これまでいろいろ裏で動いてもらってるんです。ここまで来てやめられないでしょ、『千言万辞』。『文国』を改訂したって、どうせ売れないだろうし。この時代、誰が買うんだよ、あんなの……。

この物言いにかっとなった和田は、思わず中西をこづいてしまった。その勢いで中西が飲んでいたウォーターサーバーの水が跳ね、中西のおしゃれなシャツを濡らしてしまった。

——なんなんですか?

「いや……私はただ……」

むっとした中西を、和田はなんとかなだめようと、ハンカチを出してシャツを拭ったが、かえって中西を増長させることになってしまった。

——知ってますよ。先生が嫌いなんでしょ?

「いや、まさかそんな……」

——面倒くせえ。本なんて、売れりゃなんでもいいじゃないですか。俺は早く結果出して、営業戻れりゃ、それでいいんだから。最悪だよ。

吐き捨てるように言うと、中西は出ていったのだった。辞書のことなどなにも知らない若僧の背中を見ながら、和田は怒りがこみあげてくるのを抑えきれなかった――。

和田の回想は、亘のことばで途切れた。

「先生を確実に呼び出したくて、編集関係者に疎《うと》い佐知江さんを利用したんですね。中西と名乗って、一時間後に公園で会いたいと先生に伝えるように頼んだ」

青ざめる和田をさらに追いこむべく、右京が推理を続けた。

「主幹交代を先生に頼みに行くという口実で、中西さんを仕事場のほうへと連れ出した。公園についたところで、持参したペーパーナイフで中西さんを刺し殺した。凶器はわざとその場に残しておいた。同じものを持っている先生の犯行に見せかけるためです。そして、隙を見て仕事場に入り、先生のペーパーナイフを盗んで帰った」

和田の呼吸が荒くなってきた。右京は追及の手を緩めなかった。

「ところが、思いがけないことが起きた。犬猿の仲だと思っていた国島さんが、先生の身代わりになったんです。それでは『千言万辞』を潰せない。そこで、今度は先生を印刷所に呼び出し、先生を庇って国島さんが捕まったと吹きこんだんですよ」

右京の推理は正しかった。和田の頭に再びそのときの情景が浮かびあがってきた――。

「国島さんもかわいそうに」

和田がそう語りかけると、大鷹は混乱した。

——えっ……どうかしたんですか？

「先生は覚えてらっしゃらないんですか？　中西に会ったでしょう？　公園で。そのとき、ペーパーナイフで刺したでしょ？」

そう吹きこむと、大鷹は自分の記憶を疑い、一心不乱に手帳にメモを書きつけた——。


またしても亘の声で現実に引き戻される。

「そして、先生は国島さんを助けるために自首したんです」

「周りがどう思おうとも、先生と国島さんは深いところで繋《つな》がっていました。そのときが来たときのためにと、先生は『千言万辞』を国島さんに託し、国島さんもそれに応えた。『千言万辞』はそんなおふたりによって作られた辞書だったんですねえ」

右京のことばで、和田がここまで胸中に抑えこんでいた本音が爆発した。

「あんなものを辞書とは呼ばない！　絶対に！　いくら売れていようが、王道が消えて亜流だけが残るなんてあり得ないんだ！」

思い切り叫ぶと、和田は気を落ち着かせようとウォーターサーバーの水を飲んだ。そんな和田に言い聞かせるように、右京は赤い付箋のついた校正紙を開いて、音読した。

「『常識』、平凡でつまらない価値観。新しいものを拒む頭の古い考え。今これを読んで不快に感じているあなたのこと」

「なんです？　なにが言いたいんです？」

血走った目でこちらを見つめる和田に、右京が言った。

「あなたは、ずっとこれを先生が自分への当てつけに書いたものだと感じていたのではないですか？　そう感じるほどに、あなたは『文礼堂国語辞典』を愛し、正しいことばを伝えることを使命だと考えてきました。そのあなたが、偽りのことばを使って人を陥れるとは……非常に残念です」

このことばは和田の心を深くえぐった。和田は嗚咽《おえつ》を漏らし、床にくずおれた。

数カ月後――。

国島は仕事場を訪れ、車椅子に乗った大鷹に、できあがったばかりの『千言万辞』を手渡した。

「先生」

大鷹は真新しい辞書の表紙を愛おしそうに撫《な》でた。そこには編者として、大鷹公介の名と国島弘明の名が併記されていた。

小料理屋〈花の里〉では、亘が出版されたばかりの『千言万辞』を開いて、読みあげていた。

「『物事がすでに進行し、どうにも止められない状態にまで来ていること。これまでの事情、思うところはいろいろあるが、こうなった以上、とことん付き合ってやるしかないという感慨も多分に含まれている』」

右京が見出し語の見当をつける。

「『行きがかり』の項ですね」

「おっ、よくわかりましたね」

「僕も気になっていたんですよ。そうですか……。大鷹先生と国島さんの間では、そうした意味を持つことばだったんですね」

「僕たちも行きがかりですね」

亘が言うと、右京も「ある意味そうですね」と認めた。

亘が辞書をめくり、別の見出し語を見つけた。

「ああっ！　これ、右京さんにぴったりですよ」

「なんですか？」

女将《おかみ》の月本幸子が身を乗り出す。右京も気になるようだった。

「ぴったりって、なにがですか？」

亘が咳払《せきばら》いをして、語釈を読みあげる。

「『基本的にわがままで人を信用せず、白であれば黒だと、あっちと言えばこっちと、事あるごとに突っかかる』」

「どこがぴったりなんですか？」

右京は憮然《ぶぜん》とした顔になったが、語釈はまだ続いていた。

「『つむじ曲がりでへそ曲がり』」

幸子が見出し語を推測する。

「『偏屈』？　『意固地』？　あっ、わかった！　『ひねくれ者』！」

さんざんな言われようの右京は、「はいはい、お好きにどうぞ」と答えて、日本酒を口に運んだ。

第三話 「バクハン」

一

雑居ビルの、あるフロアに裏カジノがあった。なんの表示もない入り口のドアのロックを解除するためには、ID認証付きのカードキーが必要だった。客たちのざわめきとたばこの煙で満ちた室内の奥で、警視庁特命係の杉下右京がポーカーをしていた。しかし、負けがこんでおり、たったいまも右京のチップは回収されたばかりだった。

見慣れない客が大負けするのを見て、店員が言った。

「今夜はもうやめておきますか?」

右京はそれには答えず、左手の人差し指を立て、「ひとつ、よろしいですか?」とディーラーのカードに手を伸ばして取った。そしてカードの隅の感触を指で確かめる。

「このカード……ああ、ここ。ここに窪《くぼ》みがありますねえ」

「それがなにか?」

「細かいことが気になるもので」

「カードをお戻しください」

「カードゲームにおける古典的な不正の手法です。他のカードを見せていただいても?」

右京が他のカードに手を伸ばしたとき、店員が気色ばんだ。

「イカサマだって言うのか？　カードを返せ！」

店員の声に反応して、右京の周りに他の店員たちも集まってきた。

そのようすを離れたところから見ていた冠城亘は、「なにやってんだか……」と独語すると、小型無線のマイクに向かって「突入」と合図を出した。

「そもそも、許可のないカジノ経営自体、ルール違反なんです。せめて、ここでおこなわれるゲームぐらい、ルールを守るという美学があってもいいと思いますがねえ」

右京はまだポーカーテーブルでうそぶいていた。

「ギャンブル好きのオッサンが、偉そうに説教たれんな」

店員のひとりが右京の肩をつかんだ瞬間、ドアが開き、捜査員たちが踏みこんできた。先頭に立っていたのは、組織犯罪対策四課長の源馬寛《げんばひろし》だった。イタリアンスーツに身を包んだ源馬は警察手帳を掲げて、「警視庁組対《そたい》四課だ！　動くな」と大声で命じた。

店員らが捜査員たちに身柄を拘束され、混乱した客たちが右往左往するなか、ひとりの店員が帳簿と現金を持って、奥の部屋に逃げていく。それに気づいた右京が追った。亘は店員の先回りをしていた。逃げてくる店員の前に立ちふさがり、手を差し出す。

「帳簿、渡してもらえます？」

店員が血走った目でポケットからナイフを取り出した。それを見た亘は「罪状が増えた」とつぶやき、向かってきた店員をひらりとかわして、腕を決めた。

そこへ右京が現れた。

「遅いですよ。遊んでるから」

亘が皮肉を浴びせると、右京はしゃあしゃあと言った。

「君なら、先を読んでいると思いました」

店員たちの対応は組対四課の捜査員たちに任せ、右京と亘は雑居ビルを出た。

「裏カジノの一斉摘発としては、過去最大規模みたいです」

「ええ。賭博担当の組対四課のみならず、五課の皆さんや我々にも助っ人を頼むぐらいですからねえ」

右京が応じたとき、その組対五課の小松真琴が、仲間と一緒に別のビルから出てきた。

「お疲れさまです」

小松たちが手ぶらであることを見て取った右京が問う。

「おや、収穫はゼロですか？」

小松が渋い顔になった。

「この店は休みだったみたいで。運がいいというか……」

「たしかに運がいいですねえ」

右京がそのビルに入っているテナントに目を走らせた。

「どうしました？　なにか気になりますか？」

亘が訊《き》いても、右京は黙して答えなかった。

翌日、警視庁の組織犯罪対策部のフロアでは、源馬が四課と五課の捜査員の前で、話をしていた。

「諸君らの尽力によって、組対四課、五課合同の裏カジノ店一斉摘発作戦に成功した。角田さんからもひと言」

源馬に促され、組対五課長の角田六郎が代わった。

「これにより、広域指定暴力団〈武輝会《ぶこうかい》〉の主力資金源を断つことができた。今後も課の枠を超えた協力体制で、市民の平和を守っていく。ご苦労だった！」

捜査員たちが拍手をするなか、源馬が角田の手をしっかり握った。

「角田さん、ありがとうございました」

「いや、お前のヤマだよ、源馬。お前の情報網がなきゃ、無理だった」

同じフロアに部屋がある特命係の面々も、後ろのほうで話を聞いていた。

「組対の人たちって、ヤクザみたいですね……」

青木年男が正直な感想を述べると、亘が「なめてると、締められるぞ」と軽口を叩いた。

そこへ源馬がやってきた。

「特命係にも協力を感謝する」

「組織側に顔が割れていない我々は、潜入捜査にうってつけだったようですねえ」

右京のことばを受け、源馬が答える。

「イカサマを見抜いた客は初めてだって言ってたぞ」

「細かいことが気になるもので」

「大雑把な俺とは正反対だな」源馬は亘のほうを向き、「冠城、腕が立つなあ。うちに来ないか？」

「どうします、右京さん」

「僕は構いませんよ」右京は軽く受け流し、源馬に向かって左手の人差し指を立てた。

「ところで、ひとつ、よろしいですか？」

「なんだ？」

「休業していた店舗がありました。稼ぎどきの週末にもかかわらず」

「〈武輝会〉系の裏カジノは、ローテーションで休暇を取っている。リスク管理ってやつだろう」

源馬の答えに、右京は疑問を覚えたように問い返した。

「たまたまあの店は摘発を逃れたと？」

「逃したわけじゃない。目星はついてる」

「情報があるのですか？」

「ネタ元がいるからな」

「それはどちら方面の？」

「ネタ元を簡単に吐く刑事がいるか？」

源馬の顔が険しくなったのに気づき、角田が近づいてきた。

「なんかあったか？」

「ああ、いえ、摘発を逃れた店のことがちょっと気になったもので」

正直に答えた右京に、源馬が忠告する。

「杉下、賭博は俺のシマだ。首を突っこむな」

「シマですか……」

「すまんなあ、源馬。こういう奴なんだ。杉下くん助かったよ。特命はもう帰って大丈夫だ」

角田はそう言って、右京の背中を押した。

その夜、源馬寛は場末の焼き肉屋で、和氣《わき》健也《けんや》という若い男と会っていた。和氣はこの店に似つかわしくない、おしゃれなイタリアンスーツを着ていた。

肉を焼きながら、源馬が言った。

「またスーツ新調したのか？」

「オヤジのおかげで、稼がせてもらってるからな」

和氣にオヤジと呼ばれた源馬は、声に出して笑うと「馬鹿野郎」と言った。

「これ」

和氣が円筒状の箱を取り出し、源馬に渡す。源馬がリボンをほどくと、イタリアのブランド、ボルサリーノの洒落《しゃれ》た中折れ帽が出てきた。

「おい、貯金しろよ、貯金！」と言いながらも、源馬は帽子を頭に被《かぶ》せた。

「おっ、いい感じだよ」

「ありがとう」

源馬はビールのジョッキを掲げ、和氣のジョッキと合わせた。

翌日、角田はいつものように「おい、暇か？」と言いながら、特命係の小部屋に入ってきた。

「ええ、午後のティータイムですよ」

亘が受け答えると、角田はコーヒーメイカーへ向かった。

「あら？　コーヒーができてないぞ。なんだよ、故障か？　修理に出しておけよ」

右京はにべもなく、「僕には必要ありませんから」と突き放した。

「お前はそういう……」

機嫌を損ねる角田を、亘がとりなそうとする。

「コーヒーなら、僕が淹《い》れましょうか？」

「俺はこのコーヒーメイカーのコーヒーが好きなの！　まあ、いいか」角田は空のマグカップを持って立ち去り際、「合同捜査の件はありがとうな。あとはこっちでやっておくから、余計なことはするなよ」と釘を刺した。


右京と亘は、昨夜摘発を逃れた裏カジノを訪れた。誰もいない店内を見回しながら、右京が言った。

「源馬課長が指揮を執った浄化作戦では、過去にも休業で摘発を逃れた店があったようですよ。この店のように」

「角田課長は余計なことはするなと」

亘が一応注意したが、右京の反応は予想どおりだった。

「僕は余計なことだとは思っていません」

「ですよね。公営のカジノができたら、裏カジノってどうなるんだろう？」

亘が右京に倣って検分をはじめると、入り口にふたりの男が現れた。

「特命係のおふたりですね」

「あなた方は？」

右京の質問に、年輩の男が答えた。

「名乗り遅れました。生活安全部保安課の百田《ももた》です」

若い男も続く。

「同じく久我《くが》です」

「保安課……。裏カジノは担当外なのでは？」

亘が疑問を口にすると、百田が意外なことを言った。

「我々も源馬を追っているんです」

四人は雑居ビルの屋上に場を移し、情報交換をおこなった。

百田が語った。

「ご存じのとおり、我々保安課は風営法に基づいた営業の許可を担当しています。パチンコ店や風俗店、それにゲームセンターなどでおこなわれるカジノ行為。これらは金銭のやりとりなしを前提に許可され、『許可店』と呼ばれています」

「それ以外の無許可のカジノ行為を取り締まるのが、組対四課ですよね」

亘が確認すると、百田は「ええ」とうなずいた。

「組対四課の賭博担当、通称バクハン。そのリーダーが源馬です。彼らは特定の賭博業者から莫大な金をもらい、警察の内部情報を漏らし、摘発時には彼らだけ切り取って生かす」

右京も事情をよく知っていた。

「定石と言えるやり方ですねえ……今回と同じように」

「そうです。源馬の勢力は保安課にも広がっていて、私も何度となく捜査妨害を受けています」

百田の説明を聞いた亘は、右京に質問した。

「角田課長は知っているんですかね？」

「どうでしょう」

「源馬は角田課長の二期下の後輩で、若いときからの盟友です。暴力団風にいえば兄弟のような絆で結ばれている。私はそんな源馬をなんとかしたい！」百田が語気を強めた。「でも、保安課も掌握されている。仲間が必要なんです！　そんなとき、久我さんから特命係のことを聞いたんです」

久我が口を開いた。

「源馬に公然と異を唱えた杉下さんのことをお聞きしたものですから」

亘が久我に訊いた。

「失礼ですけど、久我さんはキャリアですか？」

「はい。ですが、なぜ？」

「百田さんが、年下の久我さんに敬語を」

「ああ……階級は彼が上ですから」

百田は頓着《とんちゃく》なさそうに答えた。

「どういう経緯で保安課に？」

亘の質問に、久我が答える。

「カジノ法案の成立を受けて、賭博の取り締まりの現場を勉強するために警察庁から出向を。ですが、百田さんから実態を聞かされて、なんとかしたいと」

「それで我々に？」

「ええ」百田が首肯した。

「どうします？」亘が右京の意向を確かめる。

「僕はひとりでもやるつもりでしたから」

「でしょうね」

「よろしくお願いします！」

百田が深々と頭を下げた。

二

右京と亘は、特命係の小部屋で過去の捜査資料を検討していた。これまで一斉摘発を休業中で免れた裏カジノ三店舗の資料だった。

亘は経営者の男の写真に注目した。

「それぞれ、経営者は違いますね。現行犯ではないため、微罪で済んでいますが、三人に繋《つな》がりは確認できません」

右京はその奥を考えていた。

「実質的な経営者が別にいるとすれば？」


右京と亘は小部屋の一角に暖簾《のれん》を下げてひきこもる青木のところへ行き、防犯カメラの画像データを渡した。

「このビルに出入りしてた人間、全部チェックするんですか？　勘弁してくださいよ」

泣き言を漏らす青木に、亘が命じる。

「これが特命だ。仕事しろ」

「顔認証システムを使って、摘発された人物を除外するのは可能ですよね？」

「まあ、可能ですけど」

右京の提案を渋々受け入れ、青木が画像解析を開始した。

作業をしばらく背後から見ていた右京が、ボルサリーノの帽子を被った若い男に目を留めた。

「あっ、この人物、クローズアップしてもらえますか？」

「はあい」青木が右京の注文に応じる。

「イタリアンスタイルの服装。源馬課長と同じですねえ」

右京が目を付けたのは、源馬と焼き肉屋で親しく話していた和氣健也だった。

右京と亘、それに百田と久我の四人は、百田の管轄するゲームセンターを訪れ、店長の柏崎恵一《かしわざきけいいち》と面会した。

亘から写真を見せられた柏崎は、すぐに人物を特定した。

「これ、和氣くんですよ。コンサルです」

「なんのコンサルタントですか？」

右京の質問に、柏崎が答える。

「組関係の人たちに、賭博で儲けるノウハウを教えてるって言ってました。警察とも独自の繋がりがあるって」

「助かった。柏崎、恩に着るよ」

百田が労をねぎらうと、柏崎は笑った。

「百田さんにはいつもお世話になってますから」

右京が「ＶＩＰ」とプレートの貼られたドアを見つけた。

「その部屋は？」

「そこはうちの会員制のＶＩＰルームです。うちはゲームセンターですけど、ちょっとでも本当のカジノの雰囲気を味わってもらいたくて」

柏崎の説明を受け、百田が言った。

「こいつはヤクザ者を毛嫌いしてますからね」

「みかじめ料を払うのが嫌で嫌で……。それで、百田さんに相談に乗ってもらってるんです」

「そうですか……」

右京は小さく何度もうなずいた。


特命係の小部屋に戻った右京と亘は、青木に和氣の運転免許証のデータを照会させた。それくらいのことは、青木にはお手のものだった。

「和氣健也、二十六歳。前科はないですね」

「裏カジノのコンサルタントをしながら、前科なしですか」

思わせぶりな右京の発言を、亘が受けた。

「和氣が摘発を逃れたカジノ共通のコンサルだとしたら……」

「誰かの庇護《ひご》があるのかもしれませんねえ。行きましょう」

右京が部屋から出ようとすると、角田が入り口を塞ぐように立った。

「防犯カメラのデータは返せ」

「ええ。もう情報は手に入れましたから」

素っ気なく答える右京を、角田が説得しようと試みる。

「〈武輝会〉っていうのは、特にやばい連中なんだよ。関西で抑えが利かなくなった武闘派が東京に進出して、地元のヤクザを潰してシマを乗っ取ってきた。奴らはタガが外れてる。やるときは警察官だってやる」

「ご心配ありがとうございます」

それでも行こうとする右京に、角田が最後の手段に出た。

「杉下警部……。はみ出し者で嫌われ者のあんたを、俺は随分と庇《かば》ってきたよなあ？」

「それとこれとは、話が別です」

「お前……」

絶句する角田に、右京が決意を語った。

「僕は行きます」

しかし、亘は従わなかった。

「僕は……行きません。組織には組織の論理がある。角田課長を裏切るわけにはいきません」

「君らしい判断ですね」

そう言い残し、右京はひとりで出ていった。

青木は副総監室を訪れ、特命係の小部屋で起こったことを衣笠藤治につぶさに報告した。

「杉下右京は、角田課長だけでなく冠城も失いましたよ」

衣笠がほくそ笑んだとき、ノックの音がし、久我が入ってきた。

「失礼します。経過報告です。特命係、杉下右京と保安課の百田努《つとむ》が、合同で源馬の捜査を開始しました」

報告を受けた衣笠は、椅子にふんぞり返った。

「想定どおりだな。百田は実直な刑事だ。杉下もこちらの意図があるとは思うまい」

「ええ。正義感の強い刑事というのは、コントロールしやすいものですね。ふたりの行動はすべて想定の範囲内です」

自分よりも久我のほうが衣笠に気に入られていることを肌で感じた青木は、久我の耳元でささやいた。

「甘く見ないほうがいいと思いますけどね」

右京と百田は車に乗って、和氣の事務所前で張りこみをしていた。

「和氣の父親は組関係者でしたが、〈武輝会〉との抗争で命を落としています。和氣がまだ中学生のときです」

和氣についての情報を提供する百田に、右京が訊いた。

「賭博のコンサルタントになった経緯《いきさつ》については？」

「経緯は不明ですが、数年前から業界で名を上げて、組関係者の信頼も厚いそうです。若いのに、賭博の世界の裏表を知り尽くしていると」

「誰かに教えてもらったのでしょうねえ」

そのとき、アタッシェケースを持った和氣が表に出てきた。すぐに迎えの車が現れ、それに乗りこむ。車が発進すると、右京たちもあとを追った。

和氣は場末の焼き肉屋の前で車を降り、店に入っていった。

焼き肉屋では、源馬が待っていた。

和氣はアタッシェケースを源馬に渡し、「残りはまた渡す」と笑った。

「すまん」源馬が軽く頭を下げる。

「金なら、いくらでも生み出してやるよ」

「頼もしいなあ、健坊」

「その呼び方はやめろよ、オヤジ」

「ありがとう」源馬は再び頭を下げた。


小一時間ほどして和氣が手ぶらで焼き肉屋から出てきた。右京と百田がさらに張りこみを続けていると、今度は源馬が姿を現した。

「アタッシェケースが源馬課長に渡っていますねえ」

右京が源馬の右手の先に着目すると、百田はその中身に言及した。

「おそらく金でしょうか」


次の日、亘は刑事部長の内村完爾に呼び出された。亘が刑事部長室に入ると、内村はデスクでラーメンを啜《すす》っていた。その脇に参事官の中園照生が立っている。

「ご用件はなんでしょう？」

亘が訊くと、内村が顔を上げた。

「杉下と揉《も》めたんだろう？」

「……その件ですか」

中園が嬉しそうな顔になる。

「あいつと一緒にいても、いいことないぞ。お前は歴代二位の長さで杉下と一緒にいるが、これで一位の更新はなくなったなあ」

「俺は意外と長く続くと思ったんだけど、俺の負けかな？」

そう言って、内村はまたラーメンを啜る。

「俺の在籍期間で賭《か》けをしているんですね？」

「行きたい部署があるんだったら、力にならないこともないぞ」

鷹揚《おうよう》なところを見せる内村に、亘はきっぱり宣言した。

「いずれにしても、自分の身の振り方は自分で決めます。今までも、これからも」

源馬は、組織犯罪対策四課の捜査員の前でアタッシェケースを開いた。中には札束がぎっしり詰まっていた。

「ヤクザに人間性などない。仁義だ、絆だと口先では言ってるが、欲望垂れ流しの野獣だ。〈武輝会〉系暴力団員は、裏カジノの資金源を断たれて飢えている。金で揺さぶりゃ、すぐに仲間を売るさ。お前らのネタ元にも、これを撒《ま》いてやれ」

源馬は札束を手にして、部下たちをけしかけた。

組対四課の捜査員たちによる、大量の金が飛び交う情報戦がはじまった。〈武輝会〉系の暴力団員たちに接触をはかっては金を渡し、組織を揺さぶりはじめたのだ。

捜査員たちは自分たちが監察官から尾行されているとは夢にも思っていなかった。


数日後、源馬は組織犯罪対策五課長の角田を訪ねた。

「〈武輝会〉はだいぶガタついてる。今が潰すチャンスです」

角田が身を乗り出した。

「なにか情報があるのか？」

「この間の裏カジノの摘発で潰れた資金源の穴埋めに、デカい麻薬取引の計画をしています」

「麻薬となりゃ、俺らの出番だが……」

「これを契機に、〈武輝会〉に頂上作戦を仕掛けたい。角田さん、ぜひ協力してください」

「望むところだ」

「ありがとうございます」

源馬と角田が固く手を結んだところへ、数名の男たちがやってきた。

「警務部首席監察官、大河内です」

やってきたのは大河内春樹をはじめとする監察官だった。

そのようすを部屋から見ていた亘が、右京に告げた。

「はじまったようですよ」

「そうですか」

右京は静かに紅茶を口に運んだ。

「組対五課になんの用ですか？」

戸惑いを見せる角田を無視して、大河内は源馬に向き合った。

「源馬組対四課長、監察官聴取を受けていただく。すでに四課の捜査員のＰＣ、スマートフォンなどは預かっております。あなたのも……」

源馬がため息をついて立ち上がる。

「帰りが遅くなりそうだ。女房に電話しておかないと……」

スマホを取り出した源馬に、大河内が指摘する。

「あなたは離婚されているはずです」

「内縁の妻ってやつだよ」

「和氣に連絡する必要はありませんよ」

大河内のひと言で、源馬の顔色が変わった。


同じ頃、大河内の部下の監察官がふたり、和氣の事務所を訪ねていた。

「和氣健也さん、任意でうかがいたいことがあります」

監察官にそう告げられた和氣は、「なんの件ですか?」と尋ねた。

もうひとりの監察官が答える。

「源馬という刑事を知っていますね?」

和氣は抵抗しなかった。

「わかりました。用意をしてもいいですか?」

「どうぞ」

和氣はデスクの引き出しから拳銃を取り出すと、ふたりの監察官の前で自らの胸を撃ち抜いた。

三

大河内は執務室で源馬に向き合っていた。

「あなたを中心とする賭博担当刑事のグループは、裏カジノのコンサルタント、和氣健也と癒着《ゆちゃく》し、金銭を受け取る見返りに、捜査情報を漏らしていた。また、その金銭を別の暴力団に流し、情報を得ていた。その金額は膨大。見逃すことはできない違法捜査です」

大河内に突きつけられても、源馬は堂々としていた。

「すべては俺、ひとりでやったことだ」

「仲間を守りたいんでしょうが……」

「守りたいんじゃねえよ。守るんだよ」源馬が啖呵《たんか》を切った。「俺は辞める。それで幕引きだ」

「幕を引くかどうかは、こちらが判断する」

「上層部の何人かにも随分、貸しがある。名前を挙げるから相談してみな」

「脅迫ですか。まるで暴力団だ」

大河内の指摘に、源馬が開き直る。

「お前は出世にしか興味ない人間だろ？　誰かさんと違ってよ。正義面すんな。頃合いを見て幕を引けよ。無理すんな」

その夜、小料理屋〈花の里〉には常連の右京の他に、百田と久我の姿があった。

「杉下さんのおかげで、源馬を辞職に追いこめそうです」

すっかりくつろいだようすの百田が礼を述べると、右京は「そうですか」と答えて、日本酒の猪口《ちょこ》を口に運んだ。

久我が百田を持ち上げる。

「上層部は百田さんのことを高く評価していましたよ」

「本当ですか？」

顔を輝かせる百田に、女将《おかみ》の月本幸子が微笑《ほほえ》みかける。

「じゃあ、お祝いしないといけませんね」

「ああ、いいですね」百田は照れて、「ここでぜひ。杉下さん、ありがとうございました」

百田が再び右京に礼を言った。


翌朝、衣笠は副総監室に右京を呼び出した。

「なにかご用がおありでしょうか？」

お辞儀をして入ってきた右京に、衣笠が言った。

「いや、用というわけではないがね。源馬の件、君が突破口になったと聞いている」

「僕は当たり前のことをしただけです」

「君には当たり前でも、組織人たる警察官には、当たり前じゃないことも多いんだ。君と角田課長の長年の関係を思えば、君が情義よりも正義を優先したことは、稀有《けう》な行為だと思う」

衣笠はいったんことばを止め、右京の肩に手を置いた。

「君は素晴らしいよ、杉下右京警部。これからも敵が増えることを厭《いと》わず、君の正義を貫いてくれたまえ」

副総監にたっぷり嫌みを言われても、右京は動じず、「失礼します」と腰を折って出ていった。

特命係の小部屋に戻るために組織犯罪対策五課のフロアを通っていた右京の前に、角田が立ちはだかった。

「特命を人材の墓場と呼ぶ連中がいるが、お前は人材の死神だな。源馬の処分が決まったそうだ。十四日付で、源馬は警察官じゃなくなる。それがどういう意味かわかるか？」

感情を殺しながら訊いた角田に、右京は平然と答えた。

「そのままの意味ではないのですか？」

「源馬がいなくなれば、組織暴力に対する捜査力は大きく減退する。あいつが抑えてる連中が暴れることになるぞ！」

「代わりに、違法捜査はなくなります」

右京のひと言で、ついに角田が感情を爆発させた。

「違法なんて簡単に言うなよ！　俺たち組対がどういう連中を相手に戦ってると思ってる？　源馬がどういう思いで……！　俺たちの捜査はきれいごとじゃ済まないんだ。ネタ元との関係は必要悪なんだよ！」

「必要悪ですか……。本当にその悪が必要だというならば、僕が潰したところで必ず残るでしょう」

「源馬は必要じゃなかったっていうのか？　俺にもネタ元がいる。叩けば埃《ほこり》が出るかもしれないぞ。俺のことも挙げるのか？　俺のことも挙げてみろ！　杉下！」

「あなたが罪を犯し、その証拠があれば、そのときは」

そう言い放った右京の胸倉を、角田がつかんだ。小松が駆け寄ってきて、角田を止めた。

「課長！　そんなことが通じる相手じゃありません！」

角田は右京から手を放し、吐き捨てるように言った。

「じゃあな、警部殿」

右京が特命係の小部屋に帰ってくると、亘がひとりでコーヒーを飲んでいた。黙って紅茶を淹れる右京に、亘が訊いた。

「気が済みましたか？」

「実はまだ済んでいません」

「もう誰も手を貸してくれませんよ。僕がいなければ」

亘のことばに、右京は「でしょうね」と返した。

「『でしょうね』じゃないですよ」

亘が呆れた。


右京は保安課のデータベースを参照し、保安課が風俗営業の許可を出した店舗リストから柏崎恵一の個人情報にアクセスした。パソコン画面をのぞきこみ、亘が訊いた。

「百田さんのネタ元に、気になる点が？」

「ええ」右京がうなずく。「あのゲームセンターには、二年前に許可が下りています。その後も、柏崎は都内に三店舗、開店していますねえ。通常の営業で開店資金が稼げるとは思えませんが……」

「裏があると？　百田さんは柏崎をカタギだと言ってましたが……」

「自分のネタ元には甘くなる。一方で、保安課が許可した店なら、組対の方々も疑わない」

「シマ意識の強い人たちですからね」

「ええ。……あの部屋が気になるのですが」

右京の気がかりを、亘は正確に理解した。

「VIPルームですね。潜入捜査となると、下調べと人手が必要です。でも、右京さんには味方がいない」

「だからこそ、君は残ったのでしょう?」

右京の物言いに、亘は苦笑した。

「百田さんと一緒にいる久我さんが気になったんです。右京さんは、組織の人間関係に興味はないでしょうが……」

「ええ」

「少し調べると、久我は衣笠副総監の派閥だとわかりました。近づいてきたのには意図があると」

「そうでしたか」右京が素直に納得した。

「とはいえ、百田さんが源馬の不正を追っていたのは、嘘ではない。右京さんは必ず自分の意思で源馬を追い詰める。そのことで角田課長を失っても……」

「一方で君は、百田さんとネタ元の癒着も、僕が見逃さないと思ったのではありませんか? そのときのために、組対との関係を保っておく必要を感じた。だから、僕から離れた」

右京が亘の行動を読んだ。

「僕が機転を利かせてなかったら、誰も味方がいなくなってましたよ」

「君なら、先を読んでいると思いました」

いつぞやと同じセリフを口にする右京に、亘は信条を明かした。

「俺は人に踊らされるのが嫌なんです。自分で思うように踊りたい」

「思うままに僕が走り、君が踊るわけですね」

「それが特命係です。少しじっとしててください」

亘はコーヒーの残りを飲み干すと、部屋から出ていった。


自分の胸を撃った和氣は重体だったが、なんとか一命を取り留めた。

「痛むか？」

見舞いに来て心配する源馬に、和氣は謝った。

「ちゃんと死ねなくてごめん」

「馬鹿野郎、誰が死ねって言った」

そのときノックの音がして、角田が亘と一緒に入ってきた。

「少しいいか？」角田が断りを入れる。

「なんでしょう？」

源馬の問いかけに、亘が答えた。

「和氣さんに訊きたいことがありまして。柏崎恵一の経営するゲームセンターについてです」

目で判断を求める和氣に、源馬は「話せ」と応じた。和氣が話しはじめる。

「柏崎は一応カタギです。でも、カタギの悪《わる》は、プロの悪《わる》よりもタチが悪いって言うでしょ。組にたかられるのが嫌で、あいつは許可店の営業にこだわってた。つまり保安課をケツ持ちにしてたんです。でも、許可店の売り上げなんて、タカが知れてる」

「違法な賭博を？」亘が水を向ける。

「会員制のＶＩＰルームでやってるって噂がある」

「その資金が、例えば、〈武輝会〉に流れてる可能性は？」

亘の質問で、和氣は顔色を変えた。

「許可店だったし、ノーマークだった……」

源馬の顔も硬直していた。

「俺たちが出し抜かれてる可能性があるってことか……」

「協力してもらえるかい？」

角田が和氣に申し出ると、亘が補足した。

「君の顔で、ＶＩＰルームに入れるように手配できないかな？」

和氣は小さくうなずいた。

四

その夜、柏崎の店を訪れたのは、めかしこんだ伊丹憲一と芹沢慶二だった。組対の潜入捜査に加わっておらず、面の割れていない捜査一課のふたりに、亘が頼みこんだのだった。

柏崎がふたりを笑顔で迎えた。

「いらっしゃいませ。初めてのお客様ですね？」

「和氣さんの紹介で来た滑川《なめりかわ》です」

芹沢が偽名を名乗ると、柏崎はお辞儀をした。

「承っております。暗証番号をお願いできますか？」

芹沢が柏崎だけに見えるように、指で五桁の番号を示した。

「ありがとうございます」柏崎がＶＩＰルームのドアを開けた。「どうぞ、こちらです。ごゆっくりお楽しみください」

その夜の伊丹は絶好調だった。ルーレットが面白いように当たり、見る見るうちにチップがたまっていった。

「今夜のキングは俺様だ」

伊丹はチップをまとめ、柏崎のところへ持っていった。

「大勝ちですね」

目を瞠《みは》る柏崎に、伊丹は「ビギナーズラックかな」と応じた。

「チップはどうされます？」

「今夜の飲み代にしたいね」

「かしこまりました」柏崎が札束を差し出す。「これからもご贔屓《ひいき》に」

会釈する柏崎に、芹沢が警察手帳を掲げて見せた。

「よろしくね」

柏崎の顔が一瞬にして白くなった。

「うちは許可店ですよ？　保安課の百田さんに話は通してあります」

「百田か……。他の刑事なら来てるんだが」

伊丹が言ったとき、角田をはじめとする組対五課の捜査員と亘が一斉に踏みこんできた。

「警察だ！　動くな！」角田が大声で叫ぶ。

ＶＩＰルームは一瞬にしてパニック状態に陥った。客たちが逃げ惑うなか、小松が柏崎の腕を取ると、角田が言った。

「柏崎恵一、常習賭博罪の現行犯で逮捕する」

小松が柏崎を連行するのを見送って、亘が捜査一課のふたりに礼を述べた。

「伊丹さん、芹沢さん、ありがとうございます」

「おう。無駄に運を使っちまったぜ」

伊丹が苦笑いすると、芹沢は「保安課の百田には伝えておくよ」と応じた。

「ありがとうな」

角田もふたりの労をねぎらった。

しばらく待っていると、百田が息を切らして駆けこんできた。

「角田さん！　ここは保安課の管轄ですよ」

抗議口調の百田に、角田は部屋を見回した。

「ゲームセンターは表向きで、裏カジノだったよ、ここは。よくこんな店に許可を出したな」

「意趣返しのつもりですか？」

百田が歯を食いしばると、角田は突き放した。

「そう思いたきゃ思え。だが、この店を疑ったのは、お前のお仲間だぞ」

角田のことばを合図に奥から現れたのは、右京だった。

「どうも」

「杉下さん……まさか。どうして?」

信じられないという表情を浮かべる百田に、右京は言った。

「あなたがネタ元である柏崎の店に許可を出した。しかし、ネタ元といえども、違法行為を見逃していいわけではありません」

「知らなかったんだ……」

「許可店であるこの店が、暴力団の資金源になっている可能性があります」

右京が指摘すると、百田は話をすり替えた。

「私と柏崎の関係があったから、源馬を倒すことができた。ネタ元との関係は必要悪じゃないですか」

「必要悪ですか……。皆さん、そうおっしゃいますねえ。しかし、僕には必要な悪があるとは思えません」

右京が信条を語る。

「あなたは、味方だと思ったのに……」

「この人は、正義の味方なんです」

亘が右京をフォローした。

翌日、百田は公園のベンチに座り、スマホで電話をしていた。

――誰がガサ入れの絵を描いたのか、教えてくれますか？

相手の男の口調は柔らかでありながら、有無を言わせぬ力を持っていた。

「それは……俺は、作戦とは無関係で……なにも知らないんだ」

――百田さんの言うことですから、信じます。

「あんた、〈武輝会〉の人間だったのか？」

百田が問い質《ただ》すと、男は笑った。

――なんだっていいじゃないですか。人と人の付き合いでしょう。

「これで関係は終わりにしたい」

――わかりました。終わりにしましょう。

百田の申し出に、男が物わかりよく答え、電話が切れた。

百田は電話に夢中で気がつかなかったが、いつのまにかベンチの背後には、ハンマーを手にした女が迫っていた。次の瞬間、百田の頭にハンマーが振り下ろされた。

百田を殺害した女を取り調べたのは、伊丹と芹沢だった。取り調べを終えた伊丹が、右京と亘に説明した。

「百田を殺したのは、西田《にしだ》信子《のぶこ》、四十三歳。百田との接点は、確認できない。ただの主婦だ」

「組関係のヒットマンじゃ？」

亘の質問に、芹沢は「一般人」と悔しそうに答えた。

百田が殺されたと知り、久我は衣笠に泣きついていた。

「私を保安課から異動させてください」

衣笠は椅子を反対側に向けたまま、久我を見ずに言った。

「怖いのかね？」

「百田さんがあんなことに……」

久我の声がわずかに震えているのを感じ取り、衣笠はこちらを向いた。

「恐れるならなるな。なるなら恐れるな。警察官とはそういうものだよ。わかった。異動の件は、僕のほうで手配しよう。下がっていい」

久我は衣笠と視線を合わせることなく、一礼して逃げるように出ていった。

副総監室で同席していた青木が、青ざめた顔をしてつぶやく。

「こんなことになるなんて……」

「警察官はみんな覚悟しているんだ。その上でそれぞれの正義を貫いている。私もこのまま終わらせるつもりはない」

衣笠が苦い顔で言い放った。

翌日、いつものようにイタリアンスーツを着た源馬は、組織犯罪対策五課のフロアに挨拶にやってきた。

「角田さん、今日で足を洗います」

「ああ……無念だよ」角田が声を詰まらせた。「あとは俺にまかせろ」

「よろしくお願いします」源馬は頭を下げると、特命係の小部屋のほうへ視線を向けた。

「あいつらにも挨拶してきます」


特命係の小部屋では、右京がティーカップを、亘がコーヒーカップを前に、デスクについていた。

「よう、暇そうだな」

そう言いながら入ってきた源馬に、亘が立ち上がって応じた。

「今日で退職ですね」

「ああ。その前に話をしとくのもありだなと思ってな」

「なんでしょう？」

座ったまま訊く右京に、源馬も椅子に腰かけて身を乗り出した。

「お前、バツイチだって？」

「ええ」

「子供は?」

「いません」

「そうか……」源馬が身の上話をはじめた。「俺にはいたんだ。いや、いるはずだったと言うべきか……。昔、俺は〈武輝会〉系暴力団員をひどく追いこんだことがあってな。随分、反感を買った。質《たち》の悪いチンピラがいてよ。俺がいない隙に女房を付け回し、逃げようとした女房は足を滑らせて、階段から落ちてしまった。そのとき、女房の腹の中には、子供がいたんだ」

「そのことが原因で離婚を?」

亘の問いかけに、源馬は「ああ」と答えた。「俺たちが戦ってる相手は、そういう奴らなんだ」

「あなたは〈武輝会〉の壊滅に、刑事人生を捧げた。そんなとき、少年だった和氣と出会ったんですね?」

右京が訊く。

「ああ」と答える源馬の脳裏には、そのときの情景が思い出されていた。

和氣と最初に会ったのも、あの場末の焼き肉屋だった。

「お前の親父さんを知ってるよ。地元の気のいいヤクザ者だった」

源馬が慰めようとしたが、和氣は暗い目をしてこう言った。

「弱小の組だよ。だから、〈武輝会〉に潰されたんだ」

源馬は焼き肉をコンロの網にのせて、持ちかけた。

「じゃあ、お前は強くなれよ。〈武輝会〉をぶっ潰すんだ、俺たちふたりで」


「それが俺たちのはじまりだった」

源馬が回想話を終えると、右京がふたりの気持ちを酌んだ。

「子を殺された父親と、親を殺された息子。和氣は服装まであなたをまねて、父親のように慕っていたのでしょうねえ」

「親子同然さ」

しんみり語る源馬に、右京が厳しいことばを投げかける。

「だとすれば、余計に許しがたい」

「どういう意味だ？」源馬の顔色が変わった。

「親が子を復讐《ふくしゅう》に巻きこむことが正義ですか？　和氣はあなたとの秘密を守るために、自ら命を絶とうとした」

「お前が余計なまねをしたせいでな！」

源馬が声を荒らげて立ちあがる。亘がその前にすっと身を入れると、右京も立ちあがった。

「和氣をそこまで追い詰めたのは、あなたです。あなたのために命を捨てようとした。それが、あなたが犯した一番の罪です」

源馬は歯を食いしばると、右京から視線を逸《そ》らし、亘に話しかけた。

「参ったぜ、冠城。俺、一発かましに来たのによ、説教されちまったよ。どうもこいつと話してると、自分が悪かったような気がしてくる」

「そういう人です」

源馬が再び右京の顔を見つめた。

「でもよ、杉下。俺にはこの道しか選べなかったんだ。あと少し、もう一歩だったんだ。お前のせいで、〈武輝会〉壊滅作戦をふいにしちまった」

「僕にどうしろと？」

「落とし前をつけねえとな」

源馬は右手の拳を固めると、右京の顔をめがけてパンチを繰り出した。しかし、その拳は右京の顔の五センチ手前で止められた。

「なぜ止めたのですか？」

右京の質問に、源馬が答える。

「俺も警察官なんだよ。お前らに伝言を頼みたい」

右京はその伝言を病院に入院している和氣に、正確に伝えた。

「二度とお前には会わない。罪を償ったら、静かに暮らせ。幸せにな。……これが、源馬さんの最後の命令とのことです」

伝言を聞いた和氣の目から、大粒の涙がこぼれた。


その夜、源馬はひとりで場末の焼き肉屋を訪れ、いつものように肉を焼いて、ビールを飲んだ。そのビールの味はいつもよりも苦く感じられた。


同じ頃、特命係の小部屋では、亘が右京に話しかけていた。

「どんなに法律で取り締まっても、組織暴力はなくならない」

「皆殺しにでもしますか？」と右京。

「それができないから、警察官なんですね」

「そういうことです。僕たちは、考え続けなければなりません」

そこへ角田が無言で入ってきて、コーヒーメイカーのコーヒーをマグカップに注いだ。

「あれ？　直ってる」と亘。

「俺が修理を頼んだ。ここは俺の休憩室だからな」

「ありがとうございます」

軽く頭を下げる亘を無視して、角田は右京に言った。

「杉下、この野郎。源馬のことは、俺も心配してたんだ。あのまま突っ走ってれば、命を落とすかもって。なのに、俺は止められなかった。結果的に、お前があのふたりを救ったのかもな。お前は最後まで、俺に付き合えよ」

「わかりました」

右京はそう答え、紅茶を口に運んだ。

第四話
「計算違いな男」

一

　警視庁特命係には捜査権はない。そして、頼まれたことは、どんな面倒な雑用でもやらなくてはならない部署だった。

　その夜、白い手袋をはめた杉下右京と冠城亘が、神社の参道を懐中電灯で照らしながら腰をかがめて慎重に歩いていたのも、もちろん任務の一環だった。

「本当に落としたんですかね？」

　ぼやく亘を励ますように、右京が答えた。

「捜査一課によると、犯人はそう証言しているそうです」

「しかし、こんなところでコンタクト見つけろって、ジャングルでカメレオン探すようなもんですよ」

　そう、先ほどからふたりはコンタクトレンズを捜しているのだった。細かいことが気になる右京が、亘の表現に文句をつけた。

「冠城くん、その比喩なら、『干し草の中から針を探す』という諺《ことわざ》のほうが適当だと思いますがねえ」

「いやいや、見つけにくいことが伝わればいいんですよ」

亘がそう応じたとき、右京は前方で誰かが懐中電灯を点滅させているのに気づき、相棒には声をかけず、ひとりで確認しにいった。右京がいなくなったことも知らずに、地面を照らし続けていた亘が、奇跡を起こす。

「あっ！　右京さん、ありました、コンタクト！　ほら！」亘はコンタクトレンズを拾いあげて自慢げにかざしたが、右京はどこにもいなかった。「あれ？」

右京の姿を見つけて駆け寄った亘は、境内に続く石段の下で、眼鏡をかけた神経質そうな青年が荒い息遣いで、懐中電灯を点《つ》けたり消したりしているのにようやく気づき、右京と顔を見合わせた。

と、境内から金髪で長身の男が姿を現した。街灯に集まった虫がうっとうしいのか、顔の前で腕を振っている。

亘は右京と視線を交わし、別の道から境内に向かった。

金髪の男が虫を追い払いながら石段を下りようとしたそのとき、石段の下の男が懐中電灯をそちらに向け、スイッチを入れた。ところが、なぜか明かりは点かなかった。

「あれ？」

次の瞬間、亘が金髪の男の背後から声をかけた。

「どうしました？」

金髪の男が亘を振り返る。街灯に照らされたその男の顔を見て、石段下の男は「あっ」と驚きの声をあげたが、その直後に後ろにいた右京から「こんばんは」と声をかけられ、飛びあがらんばかりに肝をつぶした。

「えっ⁉」

「なにをされているんですか？」

右京に尋ねられ、眼鏡の男はしどろもどろに答える。

「ああ……ちょ、ちょっと、星を見ていまして」

「星ですか」右京が空を見あげる。「今夜はこれから大雨の予報が出ています。天体観測にはあいにくの空模様だと思いますがねえ」

右京の想像に反して、男は力強く反論した。

「おことばですが、たとえ曇っていても星は見えます」

「はい？」

「星というのは、明るさによって一等星から六等星までに分類されます。例えば、この時期に見える一等星は、南の低い位置にあるフォーマルハウト。光度はおよそ一・二と明るく、秋のひとつ星と呼ばれています。ほら、あそこ」

男が懐中電灯で場所を示す。そこではたしかに星が輝いていた。

「たしかに、かすかに見えますねえ」

右京が同意すると、男はさらに力説した。

「それに肉眼で見えなくても、月の位置などから星の場所は特定できます。例えば……例えば、あそこ。あれは、僕が三年前に発見した星です」

別の方向に懐中電灯を向ける眼鏡の男に、右京が感心した。

「星を発見されたのですか。それは素晴らしい」

「えっ？　ああ、まあ……」

そこへ亘と金髪の男が石段を下りてきた。

「やたら虫が多いですね」

そう口にした金髪男から逃れるように、眼鏡の男は脱兎のごとく駆け出した。

「今の方、お知り合いですか？」

右京の質問に、金髪男は「いや、全然」と答えて首をひねった。

その頃、懐中電灯を持った眼鏡の男は狛犬の陰の暗がりに隠れて、独りごちていた。

「はあ……危なかったー。殺す人……間違えた」

眼鏡の男の挙動に不審を覚えた右京と亘は、神社の石段を調べることにした。

境内の街灯には相変わらず無数の虫が群がっていた。

「この季節だっていうのに、すごい虫ですね」

亘が手で虫を追い払う傍らで、右京は上から二段目の石段をつぶさに検《あらた》めていた。それを見て、先ほどそこを通ったばかりの亘が言った。

「凍ってるんですよ」

「この季節だというのに……」

そうつぶやく右京はなにかを思いついた表情をしていた。

翌朝、亘は捜査一課の伊丹憲一と芹沢慶二に神社で回収したコンタクトレンズを届けた。

「ジャン！　やっと見つけました、コンタクト」

亘が得意げにビニール袋に入れたコンタクトレンズを掲げても、芹沢の反応は薄かった。

「コンタクト？」

「神社で犯人が落としたって」

自分の功績をアピールしようとする亘に、伊丹が冷たく告げた。

「それ、もういらない。犯人、自白したから」

腰が砕けそうになる亘の手から、芹沢がビニール袋を奪い取った。

「まっ、一応もらっとくかな」

亘が雑用係のつらさを噛《か》みしめながら特命係の小部屋に戻ってみると、右京の姿がなかった。部屋を見回して、青木年男が小部屋の一角に設けたスペースで、青木の操作するパソコン画面を眺めている右京に気づく。

「なに見てるんだよ?」

亘がパーテーションの上からのぞきこむと、青木は「なんだ、冠城さんか」と応じ、「新国立天文台のサイトで星を」と答えた。

「星?」

意外そうな声をあげる亘には振り向かず、右京が画面を指差した。

「あっ、これですねえ」

青木が画面をクリックすると、星の識別番号と発見者の情報が表示された。青木が読み上げる。

「発見者は星野亮《ほしのとおる》」

「昨日の男が言ってた星ですか?　よくわかりましたね」

感心する亘に、右京がタネ明かしをする。

「彼は三年前に星を発見したと言って、北西の空を示しました。方角から考えて、この星だと」

「天体物理学者のようですね」

その間に青木は、星野亮のプロフィールが紹介されたページを探り当てていた。天体望遠鏡と一緒に写っている男は、たしかに昨夜の眼鏡の男に違いなかった。

亘が経歴の欄を読む。

「専門は、宇宙の起源、ビッグバン理論および銀河の形成と進化。すごいな」

「そうですか？　宇宙の起源なんて発見するより、どこでもドア、発明したほうが、よっぽど人類のためになるのに」

青木が身も蓋《ふた》もないことを言う。

右京は星野の勤務先が〈大山《おおやま》天文台〉であることを頭に入れた。

さっそく右京と亘が〈大山天文台〉を訪れると研究助手の白川恵美《しらかわめぐみ》という女性が応対に当たった。

「すみませんね。昨日の夜、神社でお会いしたことで、ちょっと訊《き》くだけですから」

右京の申し出に、恵美は笑顔で応じた。

「神社……。じゃあ、また先生、天体観測に出ていたんですね」

先に立って案内する恵美に、亘が話しかける。

「星野さん、すごい集中力ですね。我々が声かけても、全然気づかなくて」

「先生は一度集中すると、三日間、寝ないこともあるくらいで」

「天才によくいるタイプですね」

亘が持ちあげると、恵美は足を止めずに自慢した。

「ええ。星のことに関しては天才的だと思います。実際、先生の論文がイギリスの研究チームに認められて、来年招聘《しょうへい》されることが決まりました」

「ほう、それは素晴らしい」

右京が感心したとき、一行は星野の研究室に到着した。そこでは星野がホワイトボードに向かい、一心に化学式を書いていた。

「星野先生、星野先生」

恵美が部屋の入り口から呼びかけても、ご自慢の集中力を発揮している最中らしく、星野は気がつかなかった。恵美が星野の背後に近づき、「先生！」と声を張ると、ようやく振り返った。

慌ててホワイトボードの文字を消しながら、「ああ……恵美さん。なに？」と応じた。

「お客様がいらしてます。どうぞ」

恵美に促され、右京と亘が入ってきた。用事が済んだ恵美はそのまま立ち去った。

「警視庁の杉下です」「同じく冠城です」

ふたりが自己紹介をすると、星野は目を丸くした。

「あ、あなた方、警察の方だったんですか。でも、名乗ってはいないはずですが……」

「発見した星のことは教えていただきましたよ」

　右京が答えると、星野が声をあげた。

「方角しか示してないのに？」

「この人、仕事熱心なんです」亘は上司のことをそう紹介し、星野の指に視線を向けた。

「その指輪、助手の方とペアですね。婚約指輪ですか？」

「まあ……。で、ご用件は？」

　右京が本題を切り出す。

「実は、昨日の神社でちょっと気になることがありましてね。石段の一部が凍っていたので調べたところ、瞬時に凍る物質、酢酸ナトリウムが検出されました。また、異常に虫が多かったのでこちらも調べてみたところ、街灯に虫が好む液体が塗られていました。誰かが仕掛けたと思うのですが、怪しい人物を見かけませんでしたか？」

「さあ、僕はなにも……」

　星野がとぼけると、亘が踏みこんだ。

「でも、君がいた場所は、最も階段を見やすい位置だったんだよね。あの場所から強いライトで目を狙えば、あの金髪の男性は足を滑らせて階段から転落していたかもしれない」

すかさず右京が補足する。

「おそらく、犯人は完全犯罪を狙っていたのでしょう。昨日の夜は、数時間後に大雨の予報が出ていました。雨が降れば、酢酸ナトリウムなどの証拠は消えてしまいますからねえ」

黙りこんだ星野に、亘が念を押す。

「本当に誰か見てない？」

「見てません」

右京が室内に置かれた天体望遠鏡を見て、話題を変えた。

「星を探す作業というのは、さぞかしご苦労が絶えないのでしょうねえ」

「まあ、そりゃあ……」

「ちなみに、どのように探されるんですか？」

「地味な作業ですよ。日が暮れてから夜が明けるまでの十時間、望遠鏡で何千枚もの画像を記録します」

「その分、見つけたときの喜びはひとしおでしょうねえ」

右京が気持ちを斟酌《しんしゃく》すると、星野は相好を崩した。

「そりゃもう！　何億光年も離れた銀河の果ての小さな光が、宇宙の謎を解明する手掛かりになるかもしれないんです。嬉しいなんてことばじゃ、言い尽くせません」

星野のことばにうなずきながら、右京が言った。

「我々も、犯罪の小さなほころびを地道に探す作業がほとんどで、まるで干し草の中から針を見つけているような……」

「ジャングルでカメレオンでもいいですけどね」

亘が茶化したが、右京は真面目な顔で宣言した。

「ただし我々は、どんな小さなほころびでも必ず見つけ出します。この世に完全犯罪など存在しません」

「なにが言いたいんですか？」

一転して硬い表情になった星野に、右京が曖昧《あいまい》な笑みを浮かべた。

「言いたいのはそれだけです。では失礼」

帰り際、右京はホワイトボードの化学式の消し忘れを見逃さなかった。

特命係のふたりが去るのと入れ替わりに、恵美が心配そうにやってきた。

「先生、警察の方、なんだったんですか？」

「なんでもない」星野が取り繕う。「神社で不審人物、見なかったかって」

「よかった。わたし、先生がなにかの事件に巻きこまれたのかと……」

「大丈夫」星野は笑顔を作り、「それより、昨日の観測データ」と言った。

「あっ、はい」

恵美が持ってきた資料を星野に渡す。星野はすぐさまそれをめくって読みはじめた。

「ペルセウスの第二恒星の光度に変化あり。第二恒星か……」

と、そこでポケットに入れていた星野の携帯電話が鳴った。

「ちょっとごめん。恵美さん、外してくれる？」

星野はそう求め、恵美が一礼して去ったところで、電話に出た。このプリペイド式携帯にかけてくる人物は、若月雄也《わかつきゆうや》であることが、あらかじめわかっていたのである。

――おお、星野。俺だ。昨日は悪かったな。パチンコで大勝ちして行けなかったわ。

そう言う若月はいまもパチンコ店から電話をかけているのだろう。背後がやけに騒がしかった。

「大事な話があるって言ったのに！」

星野が抗議したが、若月は相手にしなかった。

――それより、また金貸してくんねえ？　五十でいいわ。

「いい加減にしてくれ！　もう三百万近くになる」

――それぐらいの金、楽勝だろ。来年、イギリス行くんだし。

「どうしてそれを？」

――大切な友達だからな、いろいろ調べた。ただ、お前の正体がバレたら……、イギリス行きはパーだな。

脅迫され、星野が折れる。

「……わかった。じゃあ、三日後の朝八時、〈新町《しんまち》第二ビル〉の屋上に来てくれ」

――面倒くせえ。俺の口座に振りこめ。

「無理だ。僕の口座は彼女が管理してる」

――だったら百万だ。なら行ってやるよ。

「百万だな。その代わり、絶対に〈第二ビル〉の屋上だからな」

星野は念押しした。

その夜、右京と亘の行きつけの小料理屋〈花の里〉で、亘が白ワインのグラスを傾けながら、星野のことを語っていた。

「あれだけ忠告したから、さすがにもう諦めたでしょう」

しかし、右京は亘の見解に首肯しなかった。

「どうでしょうねえ」

ひととおり話を聞いた女将《おかみ》の月本幸子が、カウンターの中で料理の手を止めずに言った。

「でも、その人、来年、研究のために海外に行くんですよね？　しかも結婚も決まってて。どうしてそんなことを……」

「まだその動機もまったく……。誰を狙ってるかも……」

亘が答えると、幸子は顔を曇らせた。

「きっとよっぽどの事情があるんでしょうね」

「どんな事情があるにせよ、彼は人を殺そうとしています。おそらくまだ諦めていないでしょうねえ」

右京は日本酒の猪口《ちょこ》を口に運んだ。

二

三日後の朝、星野亮はとある雑居ビルの屋上で、心の中で独りごとをつぶやきながら、殺人の準備に励んでいた。

（準備は万全だ。劣化した電気ケーブルに、電気が通りやすい塩化ナトリウム水溶液をかけ、ブルーシートで隠した。シートの上に乗ったら、革靴やスニーカーを履いていても、確実に感電死する。調べられても、ブルーシートは工事に使っているものが落ちたと思うはず。それに塩化ナトリウムは一時間もすれば乾く。証拠は消える。完璧だ。しかもこの時間、パチンコ店は開いていない。これで前回のような不確定要素はすべて潰した。あとはあいつを携帯でこの位置まで誘導するだけ……）

液体の上にブルーシートを被《かぶ》せ、同じ液体を屋上のドアノブにかけたところで、プリペイド携帯の着信音が鳴った。

「もしもし」

──おい、着いたぞ。超眠《ねみ》ぃわ。

若月が不機嫌そうな声で言った。

「じゃあ、エレベーターに乗ってくれ」

──ああ？　エレベーターなんかとっくに乗ったよ。今、〈第二ビル〉の屋上にいる。

「えっ？」

星野はとっさに意味がわからず、周囲を見渡した。自分が立っているビルには〈新町第三ビル〉の看板がかかっている。どうしてこんな初歩的なミスをしてしまったのだろうと悔やんだ瞬間、星野はミスの原因に思い至った。

三日前、若月から電話をもらう直前、恵美の資料を見ながら、ペルセウスの第二恒星のことを考えていた。それが頭に残っていたため、若月に〈新町第三ビル〉と伝えるべきところ、誤って〈新町第二ビル〉と伝えてしまったようだ。

どうすべきか、頭をフル回転させはじめたとき、背後から「おはようございます」と呼びかける声が聞こえた。

振り返ると、この前天文台まで訪ねてきた杉下という警察官が立っているではないか。

星野は送話口に「あとでかける」と告げると、右京に向かって、「どうして?」と訊いた。

右京が星野に近づきながら、謎解きをおこなう。

「言いましたよね。我々の仕事は、わずかなほころびから犯罪を見つけ出すことだと。研究室のホワイトボードに、消しかけた数式や化学式が残っていました。あれ、塩化ナトリウムの化学式ですねえ。他にも『440ボルト』の文字や電気ケーブルの長さなどが、わずかに残っていました。そこからいくつかの事件を想起しましてねえ」

自らの計画が完全に読まれていたことを知り、星野は愕然《がくぜん》とした。右京はさらに、星野が今回の計画の参考にした元ネタまで知っていた。

「一九九八年、マニラのビルで、劣化した四四〇ボルトの電気ケーブルに男性が触り、感電死しました。事故死だと思われましたが、犯人がビルの屋上で工事中だった看板のブルーシートでケーブルを隠し、男性が触るように仕向けて殺害したことが判明しました」

なにも言い返せない星野に、右京が右手の人差し指を立てた。

「もうひとつは二〇〇三年、ブラジル。送電所で男性が電線のメンテナンス中、感電死しました。犯人は、あらかじめ被害者を通電しやすい塩化ナトリウムに触れさせていました。あなたがこのふたつの事件を模倣しているのではないかと推察し、犯行を計画しているビルを絞りこみました。このビルは築年数が古く、劣化した四四〇ボルトの電気ケーブルを使っています。そして現在、改修工事中。また、ビルの管理人はまだ出勤していません。さらにここ数日、雨が続いていました。雨の中で塩化ナトリウムを撒《ま》いても意味がない。おそらく狙うなら、今日のこの時間だろうと……」

「言っただろ。その人、仕事熱心だって」

反対方向からもうひとりの声が聞こえてきた。振り返ると、冠城亘と名乗った警察官がいた。

亘が星野の計画を暴く。

「今、ドアノブに触ったら、濡れていた。君の狙いはわかっている。狙っている人物を屋上に呼び出す。そのまま電話で誘導し、塩化ナトリウムをかけ、ブルーシートで隠した電気ケーブルの上に立たせる。神社のときのように、誰かを殺すつもりだったんだろ」

「知らない……。僕は、星の観測に行っただけです」

星野はしらを切ったが、右京は追及の手を緩めなかった。

「あの神社の状況も、過去に起きたいくつかの殺人事件に、酷似していましたねえ。一九八九年、アメリカのダラスの公園で女性が階段を下りようとした際、飛んできた野鳥に襲われて転落死しました。女性の服には野鳥が好むにおいがつけられており、襲われるように仕組まれていました。そして、二〇一二年、アンコールワットで観光客の男性が石段から転落死した事故。石段の一部が凍っており、そこから酢酸ナトリウムが検出されました。つまり、事故ではなく殺人。あなたは、それら過去の殺人事件を模倣して、完全犯罪を目論んでいるのではありませんか？」

亘は星野が狙っている人物について言及した。

「狙っているのは、神社にいた金髪で長身の男性に似た人物だろ。君がこのビルにいると踏んで、手分けして張っていた。そのとき、それらしき人物が車に乗りこむのを見かけた」

「前回は人違いをして、今回は場所を間違えた。しかし、間違いがあろうとなかろうと、あなたが人の命を奪おうとしたことに変わりはありません」

右京が険しい声で追及すると、星野は「証拠はあるんですか？」と反論した。

「僕が虫を集めたり、石段を凍らせたり、塩化ナトリウムを撒いたという証拠です。全部、あなたたちの憶測でしかない」

「たしかにあなたがやったという確証はありません。ですが、バッグの中を見せていただけば、はっきりするはずですよ」

右京が手を伸ばしてきたので、星野はショルダーバッグを両手でしっかり抱えこんだ。

「これは任意ですよね。お断りします。所持品検査をしたいなら、令状を持ってきてく

だ さい」

往生際の悪い殺人未遂犯の目をしっかり見つめ、右京が諭すように言った。

「星野さん、はっきり申し上げておきましょう。今ここで逃げても、決してあなたのためにはなりませんよ」

「なんとでも言ってください。それじゃ、帰ります」

星野はブルーシートを踏まないように気をつけながら、逃げるようにして屋上から去っていった。

右京と亘は〈大山天文台〉に行き、白川恵美と面会した。

「先生なら、学会に行っていますが」

恵美は言ったが、ふたりの目的は恵美その人だった。

「存じています。今日はあなたにお話をうかがいに」

右京のことばで、恵美は警戒するような表情になった。

「先生になにかあったんですか？」

「このまま、なにも起こらないようにしたいので、ぜひ協力してください」

亘が微笑《ほほえ》みかけると、恵美も少し安心したようだった。

「はい」

「星野さんの身近に、金髪で眼鏡をかけた長身の男性はいませんでしたか？」

「金髪……」

恵美が記憶を探った。

「友達でも、仕事関係でも」

亘の助言が効いたのか、恵美の顔がパッと輝いた。なにか思い出したようだった。

「あっ……お名前は存じあげないんですが、たしか高校のときの同級生に」

「同級生に？」右京が訊き返す。

「はい。先生、半年前に、高校時代の集まりに出席したんです。そのときの写真に、金髪の方が……」


恵美から得られた情報をもとに、ふたりは星野が卒業した高校を訪れた。事情を話すと、校長の三田真一《みたしんいち》と牧野宗男《まきのむねお》という三十代の教員が応対した。

「半年前、本校の女子生徒の十七回忌の集まりがあって、そこに星野くんも来ました」

まず三田が打ち明けた。いきなり予想外のことばが出てきて、亘は戸惑った。

「十七回忌？」

「亡くなったのは南雲千佳《なぐもちか》という物理研究部の部長で、当時、星野くんも同じ部に在籍していました。私は顧問をしておりまして、十七回忌には私と牧野先生も出席を」

どうして三田が同席しているのかがわかったところで、続いて牧野が言った。

「僕も物理研究部で、星野先輩の一級下になります」

「差し支えなければ、その南雲さんが亡くなった理由を教えていただけますか？」

右京の要請に、三田が答える。

「実は、爆発事故がありまして……」

事故の具体的な内容については、現場となった物理研究部の部室に移動して、牧野が説明することになった。南雲千佳が実験をしていたテーブルというのが今も残っており、表面の焦げ跡が生々しかった。

「爆発の規模はそれほどでもなかったんですが、実験していた南雲先輩に直撃して……。それがきっかけで、物理研究部は廃部に。この部室は、今も閉鎖されています」

沈んだ声で語る牧野に、右京が質問する。

「どのような実験をされていたのですか？」

「リボリウムと塩酸の合成を。ですが、塩酸ではなく、硫酸を注いでしまったようで……」

当時の事故を思い出したのか、牧野が顔を曇らせた。

「その十七回忌の集まりに、星野さんも出席した」

亘が確認すると、牧野はうなずいた。

「驚きました。星野先輩が来るの、初めてだったので」

「そのときの写真とか、あります？」

亘が訊くと、牧野はスマホを取り出し、写真を開いた。喪服を着た十人ほどの男女が写っていた。その中にひとり、金髪で長身のサングラスをかけた男が交じっており、目を引いた。

「この人の名前は？」

「若月雄也さん。星野先輩の同級生です。若月先輩もこの集まりに来るのは初めてだったんです。ですが僕、ふたりが揉《も》めているのを聞いてしまって。若月先輩は、星野先輩に『南雲を殺したのはお前だ。南雲のこと、お前のせいだ』って詰め寄っていたんです」

三

翌日、特命係の小部屋のホワイトボードに亘が事件関係者の写真を貼り、相関関係を図示していた。

若月の写真を指しながら、亘が調べたことを公表した。

「若月雄也、三十四歳、無職。恐喝の前科がありました。若月は、中学時代は成績優秀

だったようです。しかし、高校三年生のある時期から悪化。悪い連中とつるむようにな
ったそうです」

特命係にコーヒーを無心に来たまま油を売っていた、組織犯罪対策五課長の角田六郎
が口を挟む。

「優等生がドロップアウトする、典型的な例だな」

「卒業後の星野さんとの接点は？」

右京が訊くと、亘はかぶりを振った。

「まったく。例の十七回忌で久々に再会したそうです」

角田が根拠なく事件の構図を推し量る。

「わかった。高校時代、この星野って男は若月って奴にいじめられてたんだよ。その復《ふく》
讐《しゅう》で殺そうとしてるんじゃないのか？」

亘は角田の発言を無視して、すでに判明している事実を語った。

「星野はその席で、十六年前の爆発事故の責任が自分にあることを若月に指摘された。

そして、その口封じに若月を殺そうとしてる」

「動機はそれだけですか？」

右京が試すように問いかけた。

「爆発の真相が明らかになれば、イギリス行きや結婚がなくなるからでしょう」

亘の回答を聞き、角田は節操なく同調する。

「そっちか！　いやいや、俺もね、そうじゃないかと思ったんだけどね」

右京も角田を無視して、疑問点をあげた。

「しかし、なぜ今になって、高校時代の爆発事故のことで揉めていたのでしょうねえ」


その日の昼、星野は都内のレストランで、恵美とその両親と会食をしていた。しかし、星野は心ここにあらずの状態で、恵美の父の話もろくに聞いていなかった。

「星野くん、聞いてるのかね？」

星野の耳に父親の声が届いていないと察した恵美が、星野に呼びかける。

「先生」

婚約者のひと言で、星野はようやく我に返った。

「あっ……なんですか？」

「大丈夫か？　結婚式も近いんだし、もう少ししっかりしてもらわんと」

渋面になる恵美の父親に、星野は俯《うつむ》きながら「はい……」と答えるしかなかった。

すると、いきなり近くから「お義父《とう》さんの言うとおりだぞ、星野」という声が聞こえてきた。

びっくりして顔をあげると、テーブルの脇に悩みの元凶が立っており、星野は椅子から転げ落ちそうになった。

「若月？」星野は立ちあがり、小声で詰め寄った。「なんでここに？」

ピンクのカーディガンを羽織り、サングラスをかけた若月も小声で返す。

「お前のあとをつけた。人のこと、あんな時間に呼び出しといて、ドタキャンしやがって」

突然、ラフな身なりの、決して柄《ガラ》がよいとはいえない人物が現れたので、恵美の両親は眉を顰《ひそ》めた。恵美はなんとかこの場を収めようと、あえて明るい声で若月に声をかけた。

「もしかして同級生の？」

若月がテーブルの三人に挨拶する。

「あっ、どうも。星野の大親友の若月です」

星野は若月に「ちょっと来てくれ」と耳打ちすると、テーブルから引き離し、トイレのそばのスペースまで連れていった。

「なんだよ？」若月が凄む。「てめえ、マジで金貸す気あんのかよ？」

「本当に、もう勘弁してくれ」

泣きそうな顔の星野を、若月がテーブルのほうへ視線を向けながら脅した。

「じゃあ、いいんだな？　南雲を殺したってバラしても。イギリスだけじゃなくて……

結婚もパーだぞ」

「今、席を外したら怪しまれる。今日の六時、今から言う場所に来てくれ」

「またバックれんじゃねえだろうな？」

「いや……もう間違えない、絶対に」

星野が決然と言明した。


星野が指定したのは、ある雑居ビルの非常階段の五階部分だった。星野は帽子とマスクで顔を隠すと、約束の時間の一時間前にその場所に行った。そして階段になにごとか細工をした。


午後六時過ぎ、右京と亘は若月の住むアパートを訪れた。亘がチャイムを押したが、返事がない。

「若月さん。若月さん」と名前を連呼しても中からは誰も出てこなかった。

すると、右京のスマホが振動した。

「杉下です」

かけてきた相手は角田だった。

――大変だ。例の若月って奴、死んじまったみたいだぞ。

「はい？」

さすがの右京もその事態は予想していなかった。

事件現場は雑居ビルの非常階段の下だった。駆けつけた捜査一課の伊丹に、鑑識課の益子桑栄が所見を述べた。

「死亡推定時刻は午後五時から七時。五階からここまで、頭から落ちたようだ」

先に現場に到着していた伊丹の後輩の芹沢が遺体の身元に関して報告する。

「被害者は若月雄也さん。恐喝の前科がありました」

「なんで落ちたんだ？」

伊丹の質問に、益子がビニール袋に入った封筒と数枚の一万円札を掲げた。

「階段の下に、これが落ちてた。封筒には被害者の指紋がついてた」

「ということは」伊丹が死亡時の状況を推測する。「被害者は落とした封筒を拾おうとして、足を踏み外したってことか」

このとき非常階段を下りてきた右京が、「ちょっと失礼」と断って、証拠品の入ったビニール袋を奪った
「もう……」伊丹が神出鬼没の変わり者の警部に嫌味を言った。「またなんでここにいらっしゃるんですか？」

右京の横にいた亘が、簡潔に説明する。

「実はこの人、完全犯罪で命を狙われてたんです」

「完全犯罪？」伊丹が鼻を鳴らす。

「誰に？」

芹沢の質問に、亘は「ある天体物理学者に」とだけ答えた。

「そいつがどうやって殺したっていうんです？」伊丹が訊いた。「そいつが犯人だっていう証拠は？」

「今のところ、なにも」

右京はそう答えるしかなかった。


その夜、星野は〈大山天文台〉の研究室で、スマホのニュースサイトを見ていた。ニュースでは若月の死亡事故のことが取りあげられていた。

——品川区ビルで男性の遺体が発見される。

34歳男性が階段から転落死。事故の可能性……。

「よしっ！」

思わずガッツポーズが飛び出した。すると、心の声が聞こえてきた。

（検証どおり、不確定要素は僕だった。それを取り除いたことが成功の要因だ。これでやっと研究に集中できる。念願のイギリスにも安心して行ける。もう二度とあいつの顔を見なくて済む。もう二度と会わなくていいんだ……）

と、ふと我に返ったのか、星野の口から声が漏れた。

「僕は……なんてことを……。僕は……また人を殺してしまった……」

星野は無意識にポケットから一枚の紙を取り出した、そこにはワープロソフトの文字でこう打ち出されていた。

HCl・H_2SO_4 間違えたのはお前だ

翌朝、右京と亘は〈大山天文台〉を訪ねた。しかし、星野の研究室はもぬけの殻で、デスクの上に一枚の紙が残っていた。

右京が文面を読む。

「エイチシーエル、エイチツーエスオーフォー、間違えたのはお前だ」

「どういう意味ですか？」

学生時代以来、化学式に接してこなかった亘に、右京が説明する。

「ＨＣｌは化学式で塩酸。Ｈ^{2}ＳＯ^{4}は硫酸。例の爆発事故のことでしょうかねえ」

「やっぱり爆発事故の原因は星野だったんだ」亘が納得する。「これは若月が書いたものでしょうね」

他になにか手がかりが残っていないか、室内を見回したところ、亘はホワイトボードに複雑な化学式と計算式が書き残されているのに気づいた。

「なんですか、これ」

亘は見るなりお手あげだったが、右京にとっては容易《たやす》く解読できるものだった。

「テトロドトキシンというフグの毒の構造式に関連するものですねえ。そして、こちらの数式は、体重と落下距離の関係式ですねえ。おそらく、どのような高さから落下すれば確実に死亡するかを算出したのでしょう」

「まさか、あいつ、また誰かを殺すつもりじゃ？」

亘の頭に浮かんだ不吉な考えを、右京は否定した。

「いえ、今度は完全犯罪ではなく、完全な自殺を狙っているのではないかと」

「自殺？」

「手分けしましょう」

右京が緊迫した声で言った。

亘はホワイトボードの数式をスマホで撮影し、それを青木に送った。そして協力を求めた。

――協力するのはいいですけど、その代わり、今度ランチ一緒に行ってくださいね。

案外簡単な交換条件を亘が承諾する。

「ランチでもなんでも行ってやるから、早くしてくれ」

――じゃあ、まず天文台Ｂ棟の屋上に行ってください。

「Ｂ棟？」

――数式から考えると、高さ二十八・五メートルから飛び降りようとしてます。Ｂ棟の高さがそれに一致します。

「わかった」

亘は猛ダッシュした。

その頃、右京は亡くなった南雲千佳の家を訪ね、千佳の母親と面会していた。

「失礼します」

千佳の部屋に通された右京は、室内をぐるっと見回した。十六年前のままにしてあるようで、机の上の教科書や壁に掛かった高校の制服が涙を誘う。千佳の母親がノートや色紙の入った箱を取り出した。

「事故のことをお知りになりたいんですよね？　これ、娘の実験ノートです。なにかのお役に立つなら」

「よろしいんですか？」

「はい」

右京は礼を言って、遺品を検めはじめた。

「これは？」

右京が最初に目を留めたのは、色紙だった。

「娘が亡くなる前に、物理研究部が全国コンクールで最優秀賞を取ったときの寄せ書きです。この寄せ書き、天文学者として注目されてる星野くんも書いてるので、学校に寄贈しようと思ったんです」

「ああ、そうですか」

千佳は色紙にこんなメッセージを寄せていた。

みんなで勝ち取った賞。
たいへんな時もあったけど、
先輩後輩、全員のチームワークを
生かして、乗り越えました。みんなの
愛校精神に感謝
しています。　　　　南雲千佳

続いて右京は実験ノートを手に取った。
天文台のB棟の屋上に出た亘は、周囲を見渡したが、星野の姿はなかった。
「誰もいないぞ」
スマホで青木に伝えると、すぐに応答があった。
――じゃあ次、品田《しなだ》駅の跨線橋《こせんきょう》に行ってください。
亘の脳裏に一瞬、もしかしたら青木に弄《もてあそ》ばれているのではないかという疑念が浮かん
だが、それを打ち消して、品田駅へ急いだ。
数時間後――。

品田駅の跨線橋でも、さらに青木が割り出した他の場所でも星野を見つけられなかった亘は、右京に電話をかけて、指示を仰いだ。

「考えられる場所は全部潰しましたが、見つかりません。あとは服毒自殺だけですが、ただそれをどこで実行するかは……」

受話口から右京の自信に満ちた声が聞こえてきた。

――であればひとつ、心当たりがあります。


右京の指示を受け、亘は星野たちが卒業した高校に駆けつけた。日はとっくに暮れ、校舎は闇に包まれていた。

封鎖された物理研究部の部室まで行き、ドアを開けると、焦げ跡の残った実験テーブルの前で、星野が呆然と立ち尽くしていた。手には液体の入った小瓶を持っている。

「あっ！」

亘は想定していなかった事態に驚く星野のもとへ駆け寄り、小瓶を叩き落とした。そのまま星野を床に組み伏せる。

「ギリギリ間に合った」

亘が荒い息をつきながらつぶやくと、星野は苦しげな顔で懇願した。

「頼むから……死なせてくれ……。僕はもうふたりも殺してしまった。生きてる資格なんてない！」

　そこへ右京が現れた。

「それはどうでしょう？　あなたは計算違いばかりしている」

「計算違い？」

「ただ、そのおかげで誰も殺さずに済んだのですが」

　星野には右京のことばの意味がわからなかった。

「誰も殺してない？」

　混乱する星野に、亘が重ねていった。

「君は若月さんも、南雲さんも、殺してない」

「南雲さんも？　どういうことですか？」

　星野は困惑するばかりだった。

　しばらくして、懐中電灯を手にした校長の三田がやってきた。右京が呼びだしたのだ。

「三田先生……」

「星野？」

　星野も三田もお互いの姿を認めて驚いた。

「なんですか、こんな時間に」

　詰問口調の三田に、右京が軽く頭をさげた。

「申し訳ない。どうしてもおふたりにお見せしたいものが」

右京は千佳の実家から借りてきたノートを取り出し、あるページを開いた。

「南雲さんの実験ノートです。部長だった彼女は、備品管理の記録も書き残していました。あっ、ここ。二〇〇二年六月十五日。爆発事故が起こる数日前、塩酸を別の棚に移し、すべての部員に通達したと書かれています。そして、爆発事故当日、塩酸と硫酸を取り違えたことで、爆発が起きました。実験を担当したのは、南雲さん、星野さん、若月さん。取り違えるとしたら、星野さんか若月さん、おふたりのどちらかしかいない」

「だから、僕が間違えたんです」

星野は失意に満ちた声で告白したが、右京の考えは違っていた。

「そうなんですか？　校長先生。あなたはご存じのはずですよ」

「いえ、私はなにも……」

否定する三田に、亘が色紙の寄せ書きを見せた。

「では、これを見てもらえますか？　南雲さんの部屋にあった寄せ書きです。彼女が書いた文章。行の頭の文字を繋《つな》げると、『み、た、先、生、愛、しています』……南雲さんはあなたに思いを寄せていた。そして、あなたも同じ思いだった」

「えっ？」

初めて耳にする事実に、星野が声をあげた。

「そんなの、ただの偶然でしょう」

　認めようとしない三田を、亘がじわじわと追いつめる。

「そうでしょうか？　あなたは南雲さんが亡くなったあとも、恋人もつくらず、ずっと独身を貫いてるそうですね。調べたら、隣町の図書館に、当時、おふたりがよく一緒に来ていたという証言が取れました。あなたは、彼女が事故で亡くなったことが、どうしても納得できなかった。そして、半年前、あのノートを目にした。彼女のお母さんから見せられたのでしょう。あなたは爆発の原因が、星野さんか若月さんにあることに気づき、それを確かめようとした。そこで、星野さんと若月さん、ふたりに同じ手紙を出した」

「ふたり？　僕だけに届いたんじゃないんですか？」

　意外そうな声を出す星野に、亘が言った。

「それが違った。若月さんの部屋からも、これと同じものが発見された」亘が再び三田と向き合った。「あなたはふたりに手紙を出した上で、十七回忌の集まりに来るように促した。そして、その席で爆発事故の話題を切り出した」

　星野の脳裏に、そのときの情景が心の声とともに蘇《よみがえ》ってきた――。

――南雲が死んでもう十六年か。でも、久しぶりに星野も若月も来てくれて、彼女も天国で喜んでくれてるよ。

(千佳の遺影に献杯をしたあとの三田のことばの裏には、僕と若月のどちらが犯人かを試す意図があったのだ。若月がトイレに行った際にあとを追い、最初に手紙のことを話題にしたのは、僕だった。あんな手紙を書いてよこすのは若月しかいないと思ったのだ)

——どういうつもりだ、この手紙!

(そう問い詰めても若月はなにも答えず、不敵な笑みを浮かべていた)

——南雲さんが塩酸を移動したことも、全然知らなかった。だから間違えたとしても……わざとやったわけじゃない。

(あのときはてっきり、自分がミスをしたと思ったので、そう言ったのだが、実際はあのとき若月は、僕に罪をなすりつけられると確信したに違いない)

——じゃあ、なんで十六年前、黙ってた? 南雲を殺したのはお前だ。南雲のこと、お前のせいだ……。

若月のことばを星野が思い返していたまさにそのとき、亘が三田に向かって言った。

「ふたりの会話を、あなたは聞いていたんでしょう。あなたは、若月さんが自分にも届いた手紙のことを伏せ、星野さんを脅すことに違和感を抱き、薬品を取り違えたのは若月さんであると確信した。それ以後、若月さんの動向を探り続け、あの日、直接確かめようとした」

（それは違う）と星野は思った。

「待ってください。あの階段に仕掛けをしたのは僕です。先生は殺してません」

ここで右京が博覧強記ぶりを発揮する。

「あれもいくつかの事件を参考にしたようですねえ。一九九二年のメキシコで男性がマンホールに転落死した事故。実はマンホールの蓋が落ちるように細工されていました。もうひとつは、一九六九年、福岡。一万円札を地面の上に置き、相手の足を止めさせ、ビルの上から鈍器を落として、殺害しました」

右京は続けて、星野の考えを読んだ。

「あなたの狙いは、こうだったのではありませんか？　まずは、若月さんを非常階段の五階に呼び出し、電話で階段を下りるよう促した。亡くなった若月さんは、体重が八十キロ近くありました。現場の階段の二段目と三段目の端が溶けていました。調べてみたところ、塩酸が検出されました。あなたのことです、一定の時間体重がかかったら落ちるよう、細かい計算をしたのでしょう。そして、その段で立ち止まるよう、お金の入った封筒を置いた。しかし、階段は落ちてはいませんでした。あなたの知らないところで、計算違いが起こっていたのです」

「えっ！」

（たしかにネットのニュースでは階段が落ちたことには触れられていなかったけど……）

啞然《あぜん》とする星野から視線を逸《そ》らし、右京は三田のほうを向いた。

「三田先生。若月さんを殺したのはあなたですよね？」

三田は感情を押し殺すかのように黙っていたが、やがて沈黙に耐えかねたのか自供した。あのとき、雑居ビルの非常階段では、三田と若月の間でこんなやりとりがあったのだった。

「三田先生。なにしてんすか？　こんなとこで」

若月のあとを追って、非常階段に出た三田に、若月は言った。三田はダイレクトに疑問をぶつけた。

「南雲の事故で、塩酸と硫酸を間違えたのはお前か？」

「はっ？」

「お前だよな？　だから、あの手紙を見て、十七回忌に来たんだろう？」

三田が問い詰めると、若月は手紙の送り主にようやく気づいたようだった。

「あれ、先生が出したのかよ」

「教えてくれ。お前が間違えたのか？　そうなんだろ？」

三田が真剣な顔で迫ると、若月は小馬鹿にしたように答えた。

「面倒くせえな。俺っすよ。でも、今さらなんすか？　警察突き出します？　あれ、もしかして、南雲のこと、好きだったんすか？　まさか今も独身なの、それが理由？　うわ、いい年して純愛とか、マジ引くわ」

さらに追い打ちをかけるかのように、若月は続けた。

「忘れましょう。ねっ？　あれが、あの女の寿命ですよ。死ぬ運命だったんすよ」

最後のひと言で、三田の理性が吹っ飛んだ。気がつくと、三田は若月を突き落としていたのだった。

「許せなかった。彼女の死を冒瀆《ぼうとく》されたみたいで……」

三田は心中の思いを吐き出すと、焦げ跡の残る実験テーブルに力任せに拳を叩きつけた。

打ちひしがれる三田のようすをじっと見ていた星野に、右京が厳しい声で言った。

「星野さん。たしかに、あなたは運よく誰も殺さなかった。しかし、自分の身を守るために殺害を計画したことは、紛れもなく犯罪です。きちんと、自分の罪と向き合ってください」

「はい」星野は真摯《しんし》にうなずいた。

数週間後――。

特命係の小部屋で、亘が星野のその後の処遇について右京に語っていた。

「あいつ、情状酌量で起訴猶予になったそうですよ」

「そうですか」

「ただ、天文台は首になって、イギリス行きもなくなったみたいです」

右京は窓際に移動し、外を見あげた。

「なに、見てるんですか？」と亘。

「ああ、星を」

「星？　こんな都会で、星なんか見えますか？」

疑わしげに訊く亘に、右京はきっぱり答えた。

「どんな空の下でも、星は見えますよ。たとえ、星野さんがすべてを失ったとしても、星は消えません。あっ！　流れ星です」

「えっ？　どこですか？」

亘が空を見あげて、目をつぶり手を合わせた。一心に祈る亘に、右京が冷たく言った。

「もう消えてますが」

警視庁から遠く離れた港で、同じ流れ星を星野亮が見ていた。星野の隣には、ぴったりと寄り添う白川恵美の姿があった。

第五話
「ブラックパールの女」

一

「ただいま」

谷岡麻子《たにおかあさこ》は犬の散歩から帰ってきて、玄関口で声をかけたが、返事がなかった。と、愛犬のマルチーズが珍しく激しい勢いで吠えたて、風呂場のほうへ駆けていくではないか。麻子は不安な気持ちで犬のあとを追った。

風呂場では夫の邦夫《くにお》が入浴中のようだったが、耳を澄ましても音がしない。「あなた」と呼びかけても返事はなかった。

麻子は思い切って浴室のドアを開けた。返事がないのも当然だった。邦夫はバスタブに顔を沈め、死んでいたのだ。

麻子の口から思わず悲鳴が漏れた。

約一週間後――。

警視庁の特命係の小部屋では杉下右京と青木年男がチェス盤を前に、向き合って座っていた。

右京がキングの駒を動かしたところで、青木が待ったをかけた。

「そこでキング？　ちょっと待ってくださいよ」

「待てません。『キングは戦う駒だ、使え！』。チェスの初代世界チャンピオン、シュタイニッツのことばです」

右京が蘊蓄《うんちく》を傾けていると、最新刊の『週刊フォトス』を読んでいた冠城亘が、記事に触れて感心したように言った、

「『入浴中の死亡者は年間一万九千人との調査もある』か。交通事故の死者数より多いなんて、風呂場って路上より危険なんですね」

この部屋に油を売りにやってきていた組織犯罪対策五課長の角田六郎もその記事のことは知っていた。

「ああ。〈東都バイオラボ〉の研究者が、風呂場で溺死《できし》した件な」

右京が興味を示したので、亘は写真週刊誌を渡した。

「これです」

記事にはこういう見出しがついていた。

――「バイオ工学のトッププランナー　早すぎる死」

　東都バイオラボ　谷岡邦夫氏　52歳　浴槽で溺死
右京はざっと記事に目を通した。

「谷岡邦夫さん。世界のバイオテクノロジーを牽引《けんいん》する気鋭の研究者ですねえ」

「ああ」角田が同意する。「五十二歳だったってな。まだ若いのに、あっけないもんだよ。風呂場で気持ちよく眠りながら、あの世に行くんだから、本人にとっては悪い死に方じゃないかもしれんが、見つけた家族はたまらんよな」

そう言いながら角田は、マイマグカップに勝手に特命係のコーヒーを注いだ。

「だけど、溺れるもんですかね。眠ってしまったとしても、お湯を飲んだら目が覚めそうなものですけど」

疑問を呈する亘に、右京が説明した。

「うとうと居眠りをしているのではなく、失神状態なんですよ。原因は、血圧の急な変動で脳が虚血状態を起こすなど、いくつか考えられるのですが……」

この間ずっと盤面を見つめていた青木が、にやりとして駒を動かした。

「これならどうです？」

「おやおや……」

青木の一手に右京が意表をつかれたとき、デスクの上に置いていた右京のスマホが振動した。ディスプレイに表示されている名前は「連城建彦《れんじょうたけひこ》」、とある事件で知り合った弁護士だった。

右京は「失礼」と断ってから、電話に出た。

「お久しぶりです。杉下です」

――ご無沙汰しております。連城です。杉下さんに折り入ってお願いがありまして……。

「ほう。依頼主は、遠峰小夜子《とおみねさよこ》」

右京の漏らした名前に、亘と青木が反応した。

「遠峰小夜子って……」

「あの、連続殺人事件の?」

「やはりおいでになった」

右京が亘を伴って、待ち合わせ場所のオープンテラスのカフェに行くと、連城は開口一番そう言った。

席に着いてオーダーを済ませたところで、右京が切り出した。

「で、話というのは?」

連城はタブレットで遠峰小夜子が関わった事件の新聞記事を表示した。

「ご承知のとおり、遠峰小夜子は連続殺人事件の被告です。一審では、三人の殺人が認定されて死刑判決が下り、現在は控訴を準備中」

記事を見ながら右京が事件を振り返る。

「殺されたのは、真珠養殖詐欺の被害者でしたねえ。南洋ブラックパールの養殖に投資すれば、一千万円が一年半後には一千二百万円に増えるという……」

「殺された三人を含め、詐欺被害者の多くは中高年の独身男性でした」

亘も世間を騒がせたこの事件をよく覚えていた。

「一時はこの話題で持ち切りでしたね。男を手玉に取り、命まで奪う、平成の毒婦って」

「しかし、あなたは、この裁判には関わっていないはずですが」

右京に水を向けられ、連城は一冊の本をカバンから取り出した。『魔性の女　遠峰小夜子の真実――平成の毒婦と呼ばれた女』というタイトルのムック本である。

「ええ。問題はこれ。私が顧問弁護士を務める出版社の刊行物です。遠峰小夜子は、本書の記事が名誉毀損《きそん》にあたるとして、出版社を相手取って、民事訴訟を起こしました」

「拘置所内で民事訴訟を……」

「それも弁護士を代理人に立てない本人訴訟です」

「本人訴訟……」

亘の頭に、やはりかつて日本中を騒がせたロス疑惑の事件のことが思い浮かんだ。

「法廷闘争に持ちこまれると、出版社側は弱いんですよ。大衆の劣情を煽《あお》る、情報源さえ定かでない記事の真実性を立証するなど、到底不可能ですから」

連城が差し出した本を、右京が手に取る。表紙には「なぜ男たちは騙《だま》された　卑劣な手口の一部始終」「金に溺れ 性愛に狂った 謀略のシナリオ」などという見出しとともに、小夜子の顔写真が載っていた。

「たしかに扇情的ですねえ」

「こちらからは、和解を申し入れているのですが……」

連城の話の結論を亘が読んだ。

「彼女にその気はない」

「ところが昨日、和解を検討してもいいとの申し出がありましてね。ただし、条件がひとつ。刑事と話がしたいと」

ここでようやく右京は自分がなぜ呼ばれたかを悟った。

「ほう」

「刑事と……?」

亘には小夜子の意図がわからなかった。

「彼女の事件と関わりがなく、有能で実績のある刑事を希望しています。私の知る限り、その条件に適《かな》い、こんな酔狂なことに付き合ってくれる警察官は、杉下さんの他にはいません」

連城はそう言って、右京の目を見た。

結局、右京は連城の頼みを引き受けることにした。その足で東京拘置所へ向かい、面会待合所のベンチに座って順番を待っている右京に、亘が言った。

「右京さんも物好きですね。こんな話に乗るなんて」

「おや。君は興味がないのですか？」

なんだかんだ言っても亘も興味があったからついてきたのだが、亘の興味は別のところにあった。例のムック本の表紙に載った、ボーイッシュな短い髪に地味な顔立ちの小夜子の写真を見て、ぽつんとつぶやく。

「毒婦って、こういうイメージじゃないんだよな」

そのとき、アナウンスの声が聞こえてきた。

——受付番号四十三番の方、八号面会室にお入りください。

それは右京たちの番号だった。

面会室に座ってふたりが待っていると、透明のアクリル板の向こうに、刑務官に連れられた小夜子が伏し目がちに入ってきた。拘置所内なので化粧気がないのは当然としても、ムック本の顔写真と比較しても、よりやつれて中性的に見えた。

「警視庁の杉下です」「冠城です」

ふたりが起立して挨拶をすると、小夜子も「遠峰小夜子です。よろしくお願いします」と頭をさげた。

　着席すると早々に、小夜子は名誉毀損に該当する箇所をリストアップした手書きのメモを、アクリル板越しに掲げた。

「マスコミは悪質ですね。売るためなら、でたらめな記事を平気で載せるんですから」

「記事の訂正を申し入れてはいかがですか？」

　右京の提案を、小夜子はすでに検討済みだった。

「内容証明を送りましたが、相手にされませんでした。個人が大手メディアと戦うには、法廷に持ちこむしかないんです」

「おっしゃるとおりです」右京が認める。

「ろくに取材もせずに書いたことは明らかです。二十七ページに『中学生のときに受けたいじめが、犯罪に走る人格を形成した』って書いてありますけど、わたし、いじめに遭ったことはありません。むしろ、クラスメイトはわたしの機嫌を取っていました」

　亘が開いた該当ページに目を走らせた右京は、「友達の遊ぶお金をあなたが出していたと書かれていますが……」と確認した。

「恐喝されてたんじゃありませんよ。出してあげてたんです。わたし、お金持ってたんで」

　亘もムック本の記事を引用して、「そのお金は……援助交際で手に入れた？」と訊《き》く。

「ええ、そうです」小夜子が認める。

「そこは否定しないんですね」

「事実ですから。わたしが問題にしているのは、例えば、三十五ページの記事。『最初の殺人のあと、マレーシアで豪遊。高級ブランドを爆買い』ってありますね。まず未決の段階で、わたしを殺人犯と断定して書くのは名誉毀損です」

「あなたは、詐欺については全面的に認めていますが、殺人に関してはすべて否認しているのでしたね」

右京のことばに、小夜子はきっぱりと主張した。

「殺してませんから。それに、記事に書かれてる去年の十一月、わたしが旅行したのはマレーシアじゃなくてシンガポールです」

「マレーシアのお隣か」と亘。

「世界的な真珠ジュエリーのブランドがどんどん出店していたので、リサーチに行ったんですよ」

「誰かと一緒でしたか？　同行者がいれば、記事の間違いなどすぐに証明できますよ」

右京が訊くと、小夜子は「ひとり旅でした」と答え、「でも、往《い》きの飛行機の中で、バイオ関係の研究者の方と知り合いになって……。とても興味深いお話をうかがったので、よく覚えています」と続けた。

「五十歳くらいの男性で、再生医療に関わる研究をしているって言ってました。もし必要でしたら、ご本人に確認してください。名前はたしか……〈東都バイオラボ〉の谷岡先生」

亘は右京と顔を見合わせて、小夜子に確認した。

「谷岡って……谷岡邦夫さん？」

「ええ、そうです」

「谷岡先生なら、先日、亡くなりました」

右京が告げると、小夜子の声のトーンがわずかにあがった。

「えっ、殺されたんですか？」

「ご自宅での突然死ですが、事件ではありません」

「そう……お気の毒に。若い奥様を残して……」

亘が小夜子の発した形容詞を聞きとがめた。亘は『週刊フォトス』で邦夫の妻の写真を目にしていたのだ。

「若い？　奥さんの年齢、教授と同じぐらいですけど」

「えっ？」小夜子がつぶやいた。「だったら、誰のためのブラックパールだったんだろう？」

「ブラックパール、というと？」

右京が興味を持つ。

「実は、女性へのプレゼントのことで相談されて、パール専門のジュエリーショップを紹介したんです。わたしも行ってみるつもりで、お店のカタログを持っていたので、載っていたブラックパールのネックレスをお薦めしました」

「なるほど」

「てっきり若い奥様へのお土産かと……」

ここで刑務官が冷たく告げた。

「遠峰さん、時間です」

「はい」小夜子が立ちあがる。

右京も立ちあがり、疑問をぶつけた。

「最後にうかがいたいのですが……。なぜ刑事との面会を希望されたのでしょう？　訴訟のことなら、弁護士と話し合うほうが有効だと思いますよ」

小夜子が仕切りのアクリル板に顔を寄せる。

「弁護士は、利害のためにしか動かないでしょ？　わたし、真実を追求する人と話がしたかったんです。記事がいかにでたらめかわかってほしくて……」そしてわずかに微笑《ほほえ》む。「いけません？」

「いいえ」右京は静かに言った。

特命係のふたりに一礼をし、刑務官に連れられて面会室から立ち去っていく小夜子の姿を、亘はいつまでも見ていた。

二

小夜子の話が気になったふたりは、死んだ谷岡邦夫の家を訪ねてみた。ガーデニンググローブをはめた五十年配の女性が、玄関先で花壇の手入れをしていた。

右京が門の外から声をかける。

「失礼ですが、谷岡先生の奥様でしょうか？」

「はい……」

「この度はお気の毒でした」

怪訝《けげん》そうな顔の谷岡麻子に、右京が頭をさげる。亘も従った。

「あの……どちら様でしょう？」

右京が警察手帳を掲げた。

「少々お時間をいただきたいのですが……」

家の中に招き入れられた右京と亘は、浴室を案内してもらった。

「ご主人は、ここで亡くなられたのですか」

右京のことばに、愛犬を抱いた麻子は小声で「はい」と応じた。

「ご主人の入浴中、犬の散歩に出られてたそうですね」

亘が麻子の腕の中のマルチーズと目を合わせて訊いた。

「ええ。家に戻って、救急車を呼んだときにはもう……。早く異変に気づいていれば、助かったかもしれないのに……」

「突然のことで、驚かれたでしょうねえ」

右京が麻子の気持ちを斟酌《しんしゃく》する。麻子は黙ってうなずき、ふたりをリビングへいざなった。リビングのサイドボードには写真立てが置いてあり、白衣を着た邦夫の写真が飾ってあった。

「亡くなる前、変わったようすはありませんでしたか？」

亘が踏みこんで訊くと、麻子が顔を曇らせた。

「いえ、特には。あの……なにか不審な点でも？」

不安そうな麻子に、右京が事情を説明する。

「実は、とある事件を追っていたところ、ご主人のお名前が出てきたものですから……」

「まさか、主人が警察に追われるようなことを……？」

「ご心配なく。そういうことではありません」

亘がサイドボードの上の写真に目を転じた。

「真面目そうな方ですね」

「研究一筋で。写真も白衣姿のものばかり」

「では、我々はこれで……」と言って立ち去りかけた右京は、急に振り返って、右手の人差し指を立てた。「ああ！　もうひとつだけ。去年の十一月、ご主人は海外に出かけていらっしゃいましたか？」

「十一月……どうだったかしら？　ああ、たしか、学会に行ってたと思います。シンガポールに」

「シンガポール。いいところですね」亘が微笑みかける。「お土産はなにを？」

「別になにも……。出張はよくあるので、いちいちお土産なんて……」

麻子は暗い表情でそう答えた。


右京と亘は続いて〈東都バイオラボ〉を訪問した。ふたりに応対したのは、谷岡研究室の主任研究員の沢村洋二《さわむらようじ》だった。

「先生の死は国益の損失です。日本のバイオ工学はこれで確実に遅れる。この研究室もどうなるか……」

沢村がぼやく。亘は沢村のデスクの前に貼ってある一枚の写真に注目した。谷岡邦夫を中心に、研究室の全員がガッツポーズを決めて写っている。

「和気あいあいとした、いい雰囲気なのに」

沢村は亘の視線をたどり、「今年三月に、京都の学会で優秀賞をとったときの写真です」と笑った。

「それは素晴らしい」右京がさりげなく本題を持ち出した。「あっ、そうそう。去年の十一月には、シンガポールで学会があったそうですが……」

「学会？」沢村は首を傾《かし》げた。「シンガポールで？」

「ええ。シンガポール行きの飛行機で、谷岡先生と会ったという人がいたものですから」

「野添《のぞえ》さん」沢村が若い女性研究員に声をかけた。「去年の十一月の先生のスケジュール、見てくれる？」

「はい」

女性は明るく応じ、パソコンを操作しはじめた。

「彼女、野添絵里香《えりか》さんっていうんですが、先生の秘書的なことも兼務していて……」

沢村が説明している間に、絵里香が谷村のスケジュール表を表示した。

「去年の十一月か……。あっ、先生、珍しく四連休取ってました。奥さんと旅行に行くとかじゃなかったでしたっけ？」

「奥さんと旅行……?」

亘が繰り返すと、右京は「おやおや」と言った。


その夜、小料理屋〈花の里〉で、亘がカウンターの中の女将《おかみ》、月本幸子に質問した。

「女将さん、好きですか？　真珠のジュエリー」

「もちろん」幸子がにこやかに笑う。「嫌いな人なんて、いないんじゃないですか？　真珠って優しくて、温かみがあって、それになんていうのかな……女性的」

「女性的？」右京が訊き返す。

「女性の肌を真珠にたとえたりしますでしょ？　清楚《せいそ》なようでいて、光の加減で輝きが変わるところは、ちょっと艶《なま》めかしくもありますし」

「艶めかしい……」

そうつぶやく亘の脳裏には、なぜか拘置所で面会した遠峰小夜子が立ち去り際に見せた微笑が浮かんでいた。


翌朝、青木年男は鑑識課を訪れ、益子桑栄に谷岡邦夫の解剖所見を見せていた。

「えーと……口腔《こうくう》内に白色細小泡沫《ほうまつ》。肺の容積が肥大し、表面にはパルタフ氏斑。肺に残留した水の成分は、水道水と合致か……。まあ、家の中で溺死したことには間違いないな」

「そうですか。ありがとうございます」

お墨付きをもらい、引き返そうとする青木を益子が呼び止めた。

「おい。特命係の使いっ走り、楽しいか？」

青木は振り返らなかったが、その顔は憎々しげに歪《ゆが》んでいた。

そのとき特命係の小部屋では、右京と亘が膨大な資料を積みあげ、事件を検討していた。

「搭乗記録によれば、去年の十一月十四日、谷岡さんと遠峰小夜子は同じ便に乗っています。座席は8Cと24A、かなり離れてます。機内で話しこんだというのは、なんか不自然ですね」

亘は小夜子の話を疑ったが、右京は別の見解を示した。

「そうとも言えませんよ。離陸後に座席が変わることもありますから。例えば、オーディオやライトの不具合で席を移ったとか」

そこへ青木が戻ってきて、解剖所見をデスクに叩きつけた。

「入浴中の溺死で間違いないそうです。事件性はなし」

「だとしたら彼女は、どうして『殺された』なんて言ったんでしょうね」

亘が問題にしているのは、面会で谷岡邦夫が死んだと伝えたとき、小夜子が発した「えっ、殺されたんですか？」というひと言だった。

「気になりますねえ。飛行機で会ったということ以外、谷岡さんと彼女を結びつけるものはなさそうですが」

益子にからかわれてむしゃくしゃしていた青木が怒りの矛先を谷岡に向けた。

「色仕掛けで騙されて、金を巻きあげられた上に殺されるなんて。言っちゃなんだけど、被害者の気がしれないいな」

「君、そういう言い方は不謹慎ですよ」

右京がたしなめたが、青木の鬱憤《うっぷん》はおさまらなかった。今度はムック本の小夜子の写真に牙をむく。

「でも、この程度の女ですよ。こんなのが魔性の女だなんて、どうかしてますよ」

亘が青木の頭を両手でつかみ、「魔性の女が美女に限るなんて……経験値の低い奴の思いこみです」と撫《な》でまわした。

青木は亘の手を振りほどくと、「あなたのように、ストライクゾーンがだだっ広ければ、僕の経験値もあがるんですけどね」と言い返した。

「色仕掛けで詐欺を働いたとは限りませんがねえ」

右京の指摘に、青木が反論する。

「百件近い被害者のほとんどが、中高年の寂しい独身男。色仕掛けに決まってますって」

そこへ、捜査一課の伊丹憲一が入ってきた。

「特命係の、青木年男〜」

「その呼び方、やめてもらえます？」

うんざり顔の青木に、伊丹が顔を突きつける。

「お前、益子に溺死者の解剖所見を見せたりして、なにコソコソ嗅ぎ回ってんだよ！」

「別に」

「外傷なし、薬物毒物の検査結果も異常な所見なし。事件性、ねえだろ？」

ことさら聞こえよがしに言う口ぶりから、伊丹が本当は右京と亘に対して伝えたいのは明らかだった。

「僕もそう思いますけど」

伊丹と一緒にやってきた芹沢慶二は、そこら中に広げられた資料をひととおり眺めて言った。

「遠峰小夜子の捜査資料をひっくり返してるのは、ただの暇つぶしですか？　それとも、新たな犯罪でも見つけちゃいました？」

「まさか、谷岡って人の死が、彼女に絡んでるってんじゃないでしょうね？」

伊丹がかまをかけると、右京はハンガーから上着を取って、袖を通した。

「さあ……。本人に訊いてみましょう」

右京がさっさと部屋から出ていくと、亘は青木の頭を再び撫でまわし、「いい子で留守番してなさい、ボクちゃん」と言って、右京のあとを追った。

その背中に芹沢が釘を刺す。

「余計なことしてかき回すなよ！」

伊丹は青木に忠告した。

「おい、しっかり見張ってろよな。あのふたりが厄介ごとを起こしたら、お前も連帯責任だぞ。特命係の青木年男～！」

「だから、その呼び方、やめてくださいってば！」

誰からもからかわれ、青木はむくれた。


右京と亘は東京拘置所の面会室で、再び小夜子と面会していた。

小夜子は手書きのリストをもとに、ムック本の問題点を指摘した。

「七十二ページの『結婚を匂わせて、Aさん、五十六歳から三千万円を引き出した。真珠養殖投資が詐欺だと気づいたAさんに返金を迫られ、飛びこみ自殺に見せかけて殺害』。この記事も名誉毀損です。わたしは殺していません」

そう主張する小夜子に、亘が訊いた。

「じゃあ、Aさんはどうして亡くなったんだと思います？」

「たぶん自殺です。ひどく落ちこんでましたから」

「おや、なぜでしょう？」今度は右京が訊く。

「足立《あだち》さん……Aさんは投資の相談をするうちに、なんかわたしに特別な感情を抱かれたようで……」

右京がムック本の記事を引き合いに出す。

「結婚を匂わせて、多額の資金を引き出したというこの記事にも、いくらかの真実があるように思えますねえ」

「まさか……。投資話に乗ってくださった方たちは、わたしじゃなくて、真珠そのものに惹かれたんです。ブラックパールがどれだけ魅力的か、熱心にお伝えしましたから」

小夜子のセールストークは中年男性にはよく効いた。足立のときはこうだった。

「真珠って、他の宝石と違って、生き物から生まれるんですよ」

そう言って、小夜子は足立の横に移動した。

「真珠は、採れるんじゃなくて生まれるんです」

さりげなく足立の手を取り、話を続ける。

「美しい真珠を育ませるために……。貝にメスで切りこみを入れて……」

自分の指をメスに見立て、足立の掌《てのひら》に爪を立てて引いた。そしてその掌を握らせ、拳に自分の指を差しこんだ。そして耳元でささやいた。

「挿核《そうかく》手術っていうんですけど、そこに核を押しこみます。過酷な手術に耐えられず、死んでしまう貝もいます。だから……真珠は命そのもの。ほら、こんなふうに」

足立が拳を開くと、掌にはブラックパールが載っていた。小夜子は自分の指を差しこむとき、ブラックパールも一緒に押しこんだのだ。

これで足立は陥落した。

もちろんそのセールスの詳細を特命係のふたりに明かすつもりはなかった。


アクリル板の向こうで亘が言った。

「でも、真珠養殖の話は詐欺だった」

「詐欺だからこそ、ブラックパールの商品価値を強く印象づける必要があった、というわけですね？」

右京のことばに、小夜子は「ええ、そのとおりです」と答えた。

「あなたは、顧客の心をつかむことに関して、素晴らしい才能をお持ちのようです。捜査記録や公判記録を読んで驚きました。詐欺の被害者の中には、あなたを擁護《ようご》する人たちが少なからずいます」ここで右京が話題を変えた。「そうそう、裏が取れましたよ。搭乗記録によると、去年の十一月十四日、あなたと谷岡先生はたしかにシンガポール行きの飛行機に乗っていました」

「ええ、それが真実です」

「谷岡先生とは、シンガポールに着いたあとも話をした？」

亘が質問すると、小夜子は否定した。

「いいえ、機内でだけ」

「変だな。君と谷岡さんの席は、離れていたはずだけど」

小夜子はそれには答えず、上体を前に傾けて逆に訊いてきた。

「それより……谷岡先生が買ったブラックパールのネックレス、誰の手に渡ったかわかりました？　わたし、この間から気になってしまって……」

「ネックレスなんて、本当に買ったのかな？」

亘が疑念を口にすると、小夜子が言った。

「じゃあ、奥さん、もらってないって言ってるんですね。変ですね……。先生、買ってるはずですよ。わたしがお薦めしたブラックパールのネックレス」

「そんなに、ネックレスの行方が気になりますか？」

右京が尋ねると、小夜子は嫣然《えんぜん》と笑った。

「だって、あんな高価なネックレス、よっぽど大切な人にしか贈らないでしょう?」

拘置所を出たところで、右京は青木に電話をかけた。そして仕入れた情報を、亘に伝える。

「店の台帳によると、谷岡さんがシンガポールに着いた翌日、一万二千二百七十シンガポールドル……、日本円でおよそ百万円のネックレスを売っているそうです」

「青木のヤツ、仕事早いな……」

「カード会社を当たれば、買った人物も特定できるでしょう」

「右京さん、俺、わかっちゃいました。谷岡さんが誰にネックレスを贈ったのか」

亘が自慢げに胸を張った。

「誰にです?」

「気づきませんでした? 研究室に貼ってあったあの写真」沢村のデスクの前にあった写真には研究室のメンバーが写っていた。そのうちのひとりの首にブラックパールのネックレスがつけられているのを亘は見逃していなかったのである。「野添絵里香さん、秘書も兼ねていた女性スタッフ。不倫関係だとしたら、これ以上、つつかないほうがいいんじゃないですか? 亡くなった谷岡さんの名誉のためにも、奥さんのためにも」

「しかし、僕も気になるんですよ」と右京は言った。「ブラックパールの行方」

〈東都バイオラボ〉を再訪した亘は、野添絵里香に面会を求め、応じた彼女の胸元を凝視していた。そこにはあの写真と同じブラックパールのネックレスがつけられていたのである。

三

亘の視線が気になった絵里香が「なにか？」と眉根を寄せた。

「君、ジロジロ見るのは失礼ですよ」

右京に注意され、亘が口を開いた。

「はい。それじゃ、率直にうかがいます。そのネックレス、どなたからのプレゼントですか？」

「はあ？　自分で買いましたけど」

「百万円もするネックレスを？」

「百万？」驚きのあまり、絵里香の声が裏返る。「これ、ネットで一万九千円くらいでした。イヤリングもセットで」

今度は亘が驚く番だった。

「そんな安いの？　ブラックパールが？」

「イミテーションですよ。貝パールっていうんです」

「ああ」右京が手を打った。「貝殻を丸く加工して、人工のパールエッセンスを塗ったものですね」

「ええ」

亘が苦し紛れに言った。

「本物に見えますよ。つけてる人がいいから」

「あっ、どうも」絵里香は照れて、本音を漏らした。「本物なんて、とても買えませんよ。うち、お給料安いですから」

「おや。実績のある研究所なのですから、いい待遇で働いていらっしゃるとばかり、思っていましたが」

右京のことばを、絵里香は真っ向から否定した。

「とんでもない！　ほとんどワープア」

「ワープア？」亘が訊き返す。「ワーキングプアのこと？」

「バイオ工学の分野、今、人材がだぶついているんです。どの大学もポスドク抱えてるし」

「ポスドク……？」

絵里香が次々と略語を繰り出すので、亘はついていけなかった。

「ポストドクター。博士課程を修了しても、助教や講師にはなれないし、企業への就職だって難しいのが現実で」

そこへ自販機で買ったカップ麺を持った沢村洋二が通りかかった。

「まだなにか？」

「どうも」

亘が曖昧《あいまい》に応じると、沢村が近づいてきた。

「先生の死に、不自然な点はなかったんですよね？」

「ええ」右京が認めた。「解剖所見に問題はありませんでした」

「じゃあ、なんの捜査ですか？　警察にウロウロされたら迷惑なんですけど。ここで犯罪が起きているみたいで」

「いくつか気になる点を確認していたものですから」

右京の答えを聞き、沢村は絵里香に釘を刺した。

「あんまり余計なこと、話さないようにね」

沢村の姿が見えなくなったところで、絵里香が告げ口した。

「沢村さんも典型的なポスドクです。谷岡先生の引きでここに勤めたのも、三十五過ぎてからで。こんな薄給じゃ結婚できないって、よく愚痴ってますよ」

「名声はあっても、経済的には恵まれないってことか」

亘が納得すると、絵里香も愚痴が止まらなくなった。

「バイオ業界に限った話じゃないですけど、こんな待遇じゃ、研究データの盗用や海外への横流しだって起こりかねないですよね」

「盗用とは、穏やかじゃないね」

「科学立国ニッポンなんて言ってますけど、国際競争力ではもう負けてますからね。あっ……こちらへ」絵里香がふたりをパソコンの前にいざなう。「今、圧倒的に勢いがあるのが、シンガポールです」

「シンガポール……」

奇しくも絵里香の口から飛び出したその国名に亘がびっくりしていると、絵里香はシンガポールの先進的な研究施設の画像をふたりに次々と見せた。

「科学技術の基礎研究に、国が多額の予算を注ぎこんでいるんです。日本とは研究環境が大違い」

「あっ、今の……」右京がひとつの画像に反応した。「すみません、ひとつ前の画面に戻していただけますか?」

「ああ……はい」

絵里香が画像を戻す。そこにはブラックパールのネックレスをつけたアジア系の女性が写っていた。

「冠城くん」

「ええ」

右京と亘は顔を見合わせた。

四

ふたりは再び谷岡家を訪問した。右京が麻子に告げた。

「度々、申し訳ありません。実は、先ほど〈東都バイオラボ〉にうかがったのですが、そこで、研究データの横流しなどという不穏な話を耳にしましてね」

「横流し……？」

不安げな麻子に、亘も右京に加担した。

「ええ。ご自宅のパソコンもハッキングされた可能性がないとは言えません。念のため、確認させてください」

「はい……。どうぞ」

ふたりは、さっそくパソコンを調べはじめた。

「なにか見つかりましたか？」

麻子が訊くと、亘は「いえ、侵入された形跡はありませんでした」と答えた。

「そうですか。よかった……」

麻子が安心したところで、ネットショップの購入履歴を見ていた右京が攻めこんだ。

「ただ、ちょっと気にかかることが……。ご主人、亡くなられた日の到着指定で、ドライアイスを購入されているのですよ」

「えっ……？」

思わず目を伏せた麻子に、亘が言い添える。

「それも十キロも」

「ドライアイスの用途といえば、アイスクリームや冷凍食品の保冷、火葬前のご遺体の保存、それからイベントのスモーク。あっ、柿の渋抜きにも使われますね」

「渋抜き……それは初耳ですね」

亘がわざとらしく合いの手を入れると、右京は麻子の目をまっすぐ見た。

「十キロものドライアイスを、なんのために買ったのでしょうねえ」

「さあ……」麻子が愛犬を胸に抱く。「研究用でしょうか」

「それなら、ラボのほうに届きますよね？」

亘に突っこまれ、麻子は顔を背けた。

「わたし、仕事のことはわからないので……」

「届いたのは、平日の午後。受け取ったのは奥さんですよね？」

「ええ……」

渋々認める麻子に、右京が改まった口調で語りかける。

「ドライアイスは二酸化炭素を固体化したもので、マイナス七十五度を超えると気化がはじまります。つまり、すぐにクーラーボックスなどで保管しなければ、溶けてしまうんですよ」

「保管のときのご指示、ご主人からありませんでしたか？」

「それは……」

亘の質問に麻子が口ごもると、胸の愛犬が「ワン」と鳴いた。

右京は麻子を連れて、風呂場に向かった。浴室に入るなり、天井を一瞥《いちべつ》し、点検口を指差した。

「あっ、やっぱり……。先日、浴室を拝見したときに、なにか違和感があったのを思い出しましてね。ほら、ここ。ほんの少しだけ、蓋《ふた》がずれていますね。点検口は、天井裏の配線や配管を保守点検するためにあるので、普通は触りません。その蓋がなぜずれているのか？　あっ、細かいことが気になってしまう、僕の悪い癖。浴室の天井裏は、なにかを隠すためにはうってつけの空間なんですよ」

そう言って、バスチェアを踏み台代わりにして、点検口を開けた。麻子が黙りこんでいるので、右京はひとりで続けた。

「例えば、ネットで購入した十キロのドライアイス。ご主人の入浴中、もしこの蓋がずれて、隙間ができていたとしたら、二酸化炭素は空気より重いので、天井裏で気化したドライアイスはその隙間を通って、浴室に溜まるでしょう。そして、高濃度の二酸化炭素を吸引すると、意識障害を引き起こすことがあります」

「なんの話でしょう……」

とぼけるしかない麻子に、右京が引導を渡す。

「ご主人は高濃度の二酸化炭素を吸い、バスタブの中で意識を失った結果、溺死したのではないでしょうか？　原因は、あなたが天井裏に潜ませたドライアイス」

「知りません……。蓋は、掃除したときに、うっかり触ったのかも……」

右京を避けるために後ろを向いた麻子に、亘がガーデニンググローブを突きつけた。

「風呂掃除のときに、これ、使いますかね？　ドライアイスは、素手で触ると凍傷になるので、手袋が必要なんです。これ、使ったんじゃありません？」

「手袋で触れた場所には、手袋痕というものが残ります。点検口の蓋から採取できるかもしれませんねえ」

右京が畳みかけると、麻子はがっくりと床にくずおれた。

「なにがあったか話してください」

亘が言った。


翌朝、警視庁の取調室で、伊丹と芹沢が谷岡麻子の取り調べをおこなった。

「浴室の点検口の蓋から、手袋痕が採取されました」

芹沢が押収したガーデニンググローブを片手に告げると、伊丹が訊いた。

「ドライアイスを隠すために、あなたが蓋を動かしたんですね？」

麻子はうなずき、供述をはじめた。

「夫は帰りが遅い日でも、必ず湯船につかる人で、あれくらいのことで、本当に意識がなくなるかどうかわからなかった……。だから、家に戻って、湯船に沈んでる夫を見つけたときは、本当に驚いたんです。本当なんです……」

「ご主人となにがあったんです？」

「長年、連れ添ってきたんでしょ？」

伊丹と芹沢に質問され、麻子は絞り出すように、「ええ、長年……」と答えた。

「だから、許せなかったんです。あの人、わたしを裏切ってました。貧乏学者と結婚して、二十五年間尽くしてきたのに……。家では、ろくに口もきかない夫でした。それでも、研究一筋に生きてる人だからと、自分を納得させてきたんです。なのに……、あの人のスーツのポケットから宝石店のレシートが出てきたんです。一万二千二百七十シンガポールドルのネックレスの。そんな高価なもの、私は一度ももらったことない……。よその女のために買ったんです。夫に女がいると気づいて、なにもかも腑《ふ》に落ちました」

「殺意を覚えた原因は、ネックレスでしたか」伊丹はそう言いながら、先日〈東都バイオラボ〉で野添絵里香が右京たちに見せたブラックパールのネックレスをつけた女性の写真を取り出した。「ここはシンガポールにある研究所です。写真の女性に確認したところ、彼女が身につけてるのは、ご主人が贈ったネックレスでした」

「じゃあ、この人が！」

写真をわしづかみにして睨《にら》む麻子に、伊丹が説明する。

「ただし、恋愛感情ではない。ご主人は、この研究所への転職話を進めていたんです。職場には内緒で」

「彼女は採用担当の役員です。若いけど、人事のエキスパートで、かなりの権限を持っているそうです」

「世界中から転職希望者が殺到するので、採用のハードルは高い。一計を案じたご主人は、彼女にプレゼントを贈ったんです。まあ、賄賂《わいろ》ですね」

「いい線までいってたみたいですよ。生きていれば、たぶん転職できてた」

捜査一課のふたりから交互に新事実を突きつけられ、麻子がついに感情を爆発させた。

「嘘です！　わたし、そんな話一度も聞いてません！」

「正式に決まるまでは、話せなかったんじゃないですかね。期待させて、がっかりさせるといけないから」

芹沢のことばは麻子には残酷なものだった。

「そんな……」

「奥さん、どうして問い質《ただ》してみなかったんです？　ちゃんと話していれば、不幸な誤解でご主人を殺すこともなかったのに……」

伊丹に言われ、麻子は放心したように天井を見つめた。


右京と亘は三度《みたび》東京拘置所を訪れていた。今度は面会室ではなく、アクリル板の仕切りのない会議室で遠峰小夜子と向き合った。

「あなたは、僕たちを使って、谷岡さんの死の真相を暴こうとしたのですね？」

右京が口火を切ると、亘が疑問点を挙げた。

「でも、どうして？　君と谷岡さんはなんの関係もなかったのに」

「ありましたよ。同じ飛行機に乗り合わせて、楽しくおしゃべりしたご縁が」

小夜子の答えを、亘は否定した。

「それはどうかな？　あの便は満席だった。離陸後に席を替わることはできなかったと思いますが」

「あなたは、飛行機の中で、乗りこんでくる谷岡さんを見かけ、翌日には、ジュエリーショップで高価なブラックパールのネックレスを買う谷岡さんを見た。ただ、それだけの関わりだったのではありませんか？」

　右京の推理を受けて、亘が続けた。

「そして一年後、拘置所で雑誌の記事を見て、谷岡さんが浴室で亡くなったことを知った」

　さらに重ねて右京が推理を語る。

「あなたは思い出した。一年前に、谷岡さんが同じ飛行機に乗っていたことを」

「まさか……」小夜子はあくびをした。「一度見かけただけの人の顔、覚えていられると思います？」

　ここで右京が立ちあがり、核心を突く。

「僕たちには無理です。しかし、あなたにはできた。おそらくあなたは、一度会った人の顔はすべて覚えてしまう、並外れた相貌《そうぼう》認識能力の持ち主なのでしょう。詐欺の被害に遭った人たちの証言には、共通する特徴がありました。知り合ってすぐに話が合った、自分のことをわかってくれた、趣味が同じで驚いた……。あなたは、最初から話を合わせることができたんです。なぜなら、あなたにとって彼らは初対面ではなかったから。人間の好みがわかるさまざまな場所で、顔を見た覚えのある人を狙って、あなたは声をかけていた。彼らは、あなたが自分の好みを察してくれることに驚き、心を開き、運命の相手だとさえ思ったのでしょう」

「自分をわかってくれる女性に、男は弱いからね……。独り者なら、そういう人と結婚したいと考える」

亘が付け加えると、右京が左手の人差し指を立てた。

「もうひとつ。あなたの捜査記録を読み返していて、興味深いことに気づきました。真珠養殖詐欺の被害者の中に、浴室で亡くなった方がいます。谷岡邦夫さんと同じ五十代の男性で、死因は溺死です」

小夜子は薄く笑って、「ありましたね、そんなこと」

「あなたは、谷岡さんの死亡記事を見て、ピンときたのでしょう。これは自然な死ではない、仕組まれた殺人だと。なぜなら、あなた自身が、谷岡夫人と同じやり方でこの男性を溺死させたからです」

大胆な推理を披露した右京に、小夜子は正面から向き合った。

「溺死させた？　わたしが？　証拠あります？」

「いいえ。もはや、それを立証する術《すべ》はありませんが」

「殺してませんよ、わたし」小夜子はそう主張して、ことばを継いだ。「でも、刑事さんのご推察のとおり。あの谷岡って人が死んだ記事を見て、ピンときた。これ、奥さんが仕組んだんじゃないのって。だって、あの高価なブラックパールのネックレスは、雑誌で見た奥さんとは、およそ不釣り合いでしたから」

右京が小夜子の頭の中を読む。

「若い恋人への高価なプレゼント。それに気づいた奥さんが、嫉妬に駆られて殺意を抱いた、と」

「そう考えれば、筋が通るでしょ」

「赤の他人の死の真相を暴こうとしたのは、どうして？」

亘の問いかけに、小夜子が答える。

「わたしの推理が正しいかどうか、誰かに確かめてほしかったんです。わたしはほら、拘束されてる身ですから」

「だったら回りくどいことをせず、君の推理を率直に話してくれたらよかったんじゃないの？」

小夜子が嘲笑した。

「なんで、正解を教えてあげなきゃいけないの？　大嫌いな警察に。それに……わたし、試したかったんですよ。拘置所の中にいても、人を思いどおりに動かせるかどうか」

立ちあがって挑発する小夜子に、右京が冷たく言い放つ。

「言っておきますが、いつもあなたの思惑どおりに事が進むとは限りませんよ」

小夜子は一瞬、官能的な微笑を浮かべると、すぐに真顔に戻り、深々と一礼をして去っていった。

翌日、連城建彦は、以前と同じオープンテラスのカフェに右京と亘を呼びだした。席に着くなり、連城が右京に報告した。

「今朝、連絡がありました。遠峰小夜子は和解に応じ、訴訟を取りさげると言っています」

「そうですか」

「彼女なりに得心がいったのでしょう。今回の件、やはり杉下さんにお願いして正解でした」

コーヒーをオーダーした連城に、右京が身を乗り出して尋ねた。

「あなたは、気づいていたのではありませんか？　彼女の並外れた能力に」

「能力？」連城も身を乗り出した。「まあ、モンスターにはモンスターを、と考えましたがね」

右京は連城を見つめたまま、ティーカップを口に運んだ。

カフェから警視庁へ帰る道すがら、亘が小夜子の今回の言動について語った。

「ムック本の記事がでたらめだと証明したいなんて、ただの口実だったんですね。こんな茶番を打ってまで、無関係な人の死の真相を暴こうとするなんて、どうかしてますよ」

「たしかに、どうかしています」右京はさらに深読みをしていた。「あるいは、彼女の狙いは傷つけ、破壊することだったのかもしれませんねえ。学者と献身的な妻の夫婦愛という、美しい虚構の物語を」

「だとしたら、冷酷な女だ。狡猾《こうかつ》で、したたかで……」

「そして謎めいている。ブラックパールのように……。君、気をつけたほうがいいですよ」

「えっ?」

「彼女には迂闊《うかつ》に近づかないように」

右京の忠告を、亘は軽く受け流す。

「いや、俺は別に……」

「彼女は危険です」

「なに言ってるんですか。もう俺は会うこと、ありませんよ」

「そうだといいのですがね……」

そう応じる右京はなぜか胸騒ぎを覚えていた。

その頃、東京拘置所の独居房では、小夜子がいらなくなった手書きのメモを破り捨てていた。

「あのふたり、使える……」

そう独りごつと、愉快そうに笑った。

第六話

「うさぎとかめ」

「あまりにシュールな出会いでした。やり過ごすには惜しいと感じたもので」

普段よりも遅く登庁してきた特命係の杉下右京は、どうして遅くなったのかを相棒の冠城亘に語っていた。

右京はなんと通勤途中に、大きなリクガメと遭遇したというのだった。たしかにシュールな出会いに違いない。

「それで、あとをついていったわけですか」

変わり者の上司であれば、たしかにそういう行動をとっても不思議ではない、と亘は理解を示す。

「ええ。彼は……まあ、彼女かもしれませんが、歩き続けました。僕は直感しました。もしかして、ねぐらに向かっているのかもしれないと……」

カメのあとを追っていく右京の姿を想像すると、微笑《ほほえ》ましいものがある。ところが、話は想定外の方向へ進んだ。カメが向かった先は公園の片隅にビニールシートで作られたテントで、右京が中に入ってみると、ホームレスの男が頭から血を流して倒れていたというのだ。そのそばにはべっとりと血が付いたブロックがあったらしい。

「……幸い命は取り留めましたが、意識不明の重体で、今も危険な状態が続いていま
す」
そういうわけで、今、特命係の小部屋の床を大きなリクガメがのそのそと歩いている
のだった。
亘はあえてカメには触れず、右京が持ちこんだもうひとつのものについて訊《き》いた。
「右京さん、それは？」
「ライトですよ」
右京はホワイトボードの台座の部分に、クリップ式のライトを挟んで取りつけようと
していた。
「ライトは、見ればわかります。問題は、なんでライトが特命係に必要なのかってこと
です」
「紫外線ライトです。カメの飼育には紫外線が、必要不可欠なんだそうですよ」
「右京さん、論点ずらそうとしてませんか？」
亘のことばを無視し、右京は飼育書に目を走らせた。
「えーと、室温は三十三度前後の暖かなホットスポットから、二十六度までの涼しい場
所を作ること。はい、温度計。えー、湿度はですね。えーと……」
デジタル温湿度計を設置しようとしている右京に、亘が問い質《ただ》す。

「はっきり言わせてもらいます。なんで被害者のカメが特命係にいるんですか！」このとき当のカメが亘の足元に歩いてきた。「おおっ！　お前、存在感ありすぎ」

「彼を保護するようにとの、中園参事官からの命令です。はい、一応、必要最低限度の環境は整いました」

カメの飼育準備ができたところで、右京はハンガーから上着を取った。

「ホームレス襲撃事件の捜査ですか？　どうせ悪ガキのオヤジ狩りの類いですよ」

「そうかもしれませんが、このような立派なカメと路上生活を共にするホームレスとはいったいどんな人物なのか、興味がありましてね」

「物好きですねえ」亘が皮肉を口にした。

「それに、重傷を負わせた犯人も見つけなければなりませんし」

「でも、被害者の指紋を調べても前科はなかったんでしょ？　身元を示すものも所持しておらず、手掛かりはゼロ」

「いいえ」右京は否定した。「それがですね、被害者の居住スペースにあった新聞がすべて水曜日発行のものだったんですよ」

「水曜日ばっかり……。なんでだろうな？」

興味を示す亘に、右京は言った。

「では、僕は出かけます。君、カメをよろしく」

「えっ？　嫌ですよ、もう……」

ちょうどそのとき、青木年男が弁当を携えて帰ってきた。亘は体よく「あっ。君、カメをよろしく」と青木に押しつけると、そそくさと右京のあとを追った。

なにも知らずに小部屋に入った青木は、新しい同居人を見て、声をあげた。

「な……なに？　えっ？　カ、カメ？」


数時間後、右京と亘は〈毎朝新聞社〉の文化部を訪れていた。応対に当たった西田《にしだ》という記者に、亘が事情を説明した。

「被害者は、アルミ缶集めで稼いだお金から、毎週水曜日、近くの売店でこちらの朝刊を購入してました」

「弊社の水曜日、ですか？」

「ええ。水曜日の常設欄。新聞歌壇が目当てだったのではないかと、うちの上司が申しまして」

上司の右京が亘とバトンタッチする。

「被害者はこちらに短歌を投稿し、毎週水曜日、自分の歌が掲載されているか探すのが習慣だったのではないかと。そのような方に、心当たりはありませんか？」

「あります」西田はすんなり認めると、情報を伝えた。「ここ二年ほど、『詠み人知らず』という筆名で、弊社の歌壇に投稿しているホームレス歌人がいます。『詠み人知らず』氏の歌は哀愁があって、先生方にも好評で、結構な割合で掲載されています。そう、先月も掲載されたばかりです」西田が立ちあがり、その新聞を持ってきて広げた。「これです」

「拝見します」その歌を右京が音読した。「『哀れむな　我は孤独に　なかりけり　空が我が家　歌が我が友』」

その歌の下に、詠んだ人物の名前がこう記されていた。

――詠み人知らず（ホームレス）

西田が続けた

「三十一文字《みそひともじ》の中にも、短歌には詠み手の個性が出ます。昔、『うさぎ』という筆名で投稿していた常連さんと同一人物じゃないかと、編集部で話題でして」

特命係のふたりは西田から聞いた「うさぎ」という名の投稿者の住所を訪ねることにした。

「二年前、うさぎ氏の投稿が途絶えた頃、詠み人知らず氏の投稿がはじまった」

亘の発言に、右京は「偶然とは思えませんねえ」と応じた。

やがてふたりは教えられた住所に到着した。戸建ての建売住宅であるが、玄関に「売物件」の表示が掲げられていた。門に鍵がかかっていなかったので、中に入ってみると、家は久しく人が住んでいないらしく、かなり傷んでいた。草が伸び、荒れ果てた庭に回ると、動物を飼うためのものと思われる小さな小屋が見つかった。

「ウサギ小屋ですかね？　だから、うさぎっていうペンネーム？」

亘はそう推測したが、右京は別の見解を示した。

「ウサギ小屋なら扉があるはずですが、この小屋にはありません」

右京は囲いの下にブロックが埋められており、上部にネットが掛かっているのに着目した。

「その動物は、小屋と庭、自由に行き来が許されていた。しかし、囲いの下にはブロックが埋めてあります。つまり、穴を掘る習性があり、飼育者は地下からの脱走に気をつけていた。そして、鳥よけネット。カラスは時々、カメを襲うことがあるそうです。空からの敵にも注意を怠ってはなりません」

「カメ小屋……」

亘が納得していると、右京は庭の植物を観察しはじめた。

「それにこの庭の雑草……。シロツメクサ。スズメノカタビラ。エノコログサ。すべてリクガメの好物とされる野草です。実に理想的な飼育環境ですよ、君」

亘はただ、うなずくしかなかった。

　ふたりは続いて不動産屋に行き、店主にあの家の持ち主について尋ねた。

「お名前等、お聞かせ願えませんか？　意識不明の重体で、ご家族もしくはご友人にお知らせしたいのですが」

　右京の要請が妥当だと判断した店主は、「わかりました」とうなずき、個人情報を明かした。「吉祥寺西町五の一四。持ち主は鮫島博文《さめじまひろふみ》さん。購入は……十年前。勤め先は国土交通省港湾局ですね」

「霞が関の役人……」亘が意外そうな顔になる。「ホームレス歌人の投稿は、二年前からはじまった。右京さん、二年前の国交省港湾局といえば……」

「ええ。ちょっと大変なことが起きていた時期ですねえ」

　ふたりの頭の中には同じ騒動が浮かんでいた。

　翌日、国土交通省に出向いたふたりは、待合スペースで面会を待っていた。

「鮫島さんが家を買ったの、あのでっかいカメのためですかね？　犬猫ならともかく、カメって……」

　どうしてもカメに愛情を注ぐことができない相棒を、右京が諭す。

「君、それは爬虫類《はちゆうるい》に対する偏見ですよ。鮫島さんは、ホームレスになっても、なお手放さないほどの愛情を持っていたんですよ」

「すみません」

亘が頭をさげたとき、人事課の職員がふたりを呼びにきて、面会相手のところまで案内した。職員が会議室のドアをノックし、「失礼いたします」と開けると、四十代と思《おぼ》しき目付きの鋭い男が立ちあがった。

「お待たせしました。大臣官房人事課課長の杉原《すぎはら》です」

杉原裕也《ゆうや》が名乗ると、特命係のふたりもならった。

「警視庁特命係の杉下です」「冠城です」

杉原はふたりに着席を勧め、自分も腰を下ろしてから、持参した人事資料を見せた。

「これがお問い合わせの鮫島博文。二年前まで、本省港湾局開発課にいましたが……」

「ある日、突然失踪した」右京が先回りをし、顔写真を見てうなずいた。「間違いありません。被害者です」

「そうなんですね。鮫島が……」

「鮫島さんとは親しかったんですか？」

亘が訊くと、杉原は感情を表さずに答えた。

「鮫島とは同期入省です。ですが、官僚の世界で親しいかどうかは微妙なところですね」

「なるほど。官僚にとっての同期は、熾烈《しれつ》な次官レースを繰り広げるライバルですからねえ」右京は納得すると、ぽつりとつぶやいた。「ウサギとカメ」

「はっ？」

「鮫島さんは入省当時、次官コースのど真ん中、総合政策局にいらっしゃいました。それが十年前、港湾局に異動」

右京のことばを、亘が受ける。

「新聞歌壇に『うさぎ』って筆名で投稿したのは、ある種の自虐だったんですね。一歩先を行く同期たちを見送るしがないカメという」

「なんの話を……？」

きょとんとする杉原に、右京が謝る。

「あっ、これは失礼。杉原さん、鮫島さんの失踪の原因についてなにか心当たりはありませんか？　あるいは、失踪から二年も経って襲撃された理由について」

杉原は腕時計をチラッと見ると、「ありません。もうよろしいでしょうか、会議があるので」と立ちあがった。

右京が、人事資料を回収する杉原の右手に目を留めた。

「おや、大丈夫ですか？　その小指の絆創膏《ばんそうこう》」

「ああ、大丈夫です。ただの深爪です」杉原はふたりを会議室の出入り口に誘導しながら、思い出したように言った。「そうだ。総合政策局の総務課長で谷川《たにがわ》という男がいます。彼も鮫島と同期入省です。谷川なら、なにか知ってるかもしれません」

「そうですか。お忙しいところ、ありがとうございました」

右京は深々とお辞儀をし、亘もそれに従った。


さっそくふたりは総合政策局に行ってみたが、職員は、「谷川は席を外しておりますので」と面会を断ろうとした。

「戻られるまで待ちますよ。僕たち、暇なんで」

亘が粘っても、職員は、「と言われましても……」と難色を示した。

そこに仕立てのよいスーツを着た四十代の男が通りかかった。右京はその胸に「谷川栄一《えいいち》」という名札がさがっているのを見逃さなかった。

「ぶしつけながら、谷川さんでいらっしゃいますね？」

谷川が振り向いて、問う。

「あなた方は？」

「警察です。元港湾局の鮫島博文さんが襲われた事件の捜査中でして、ちょっとお時間いただけませんか？」

亘が要請すると、谷川は「鮫島の容体は？」と訊いた。

「命は取り留めましたが、意識不明の重体です。谷川課長も鮫島さんと同期入省だそうですね？」

右京の問いかけに、谷川が「ええ」と答えたとき、右京のポケットの中のスマホが振動した。

「杉下です。右京は「失礼」と断り、電話に出た。そうですか。鮫島さんが意識を取り戻した。それはなによりです。ご丁寧にどうも」

右京の電話でのやりとりを聞いた谷川は、「鮫島によろしく伝えてください。これから会議なので」と言い残し、立ち去ろうとした。

右京がその背中に追いすがるようにして、質問する。

「あとひとつだけ。その人差し指の絆創膏は？」

谷川は自分の左手に目を落としたが、なにも答えずに去っていった。その後ろ姿を見ながら、亘が言った。

「本省に残ってる数少ない同期入省のふたりなのに、かつての同期のお見舞いには行く気はなさそうですね」

「ですねえ」

その後、特命係のふたりは鮫島が入院している病院に行った。鮫島は意識が回復したとはいっても、まだぼんやりしており、頭に巻いた包帯が痛々しかった。医師の立ち会いのもとでおこなわれた事情聴取は、亘が口火を切った。

「カメは我々が保護しています。ご安心ください。さっそくですが、鮫島さん、襲われたときの状況を話してもらえませんか？」

「すみません。わからないんです」

首を横に振る鮫島に、右京が言った。

「どんな些細《ささい》なことでもいいのですが」

「思い出せないんです。なにもかも……」

亘が落ち着かせようと、笑顔で語りかける。

「焦らなくても結構です。お医者さんから聞いています。心因性の記憶喪失だとか」

医師が右京と亘に説明する。

「記憶の回復には、もう少々時間がかかると思います」

「ええ」右京はうなずき、鮫島に向き合った。「しかし、命が助かってなによりです」

と、鮫島が泣きそうな顔になった。

「僕は……殺されかけたのかもしれません。記憶はないけど……恐怖が残ってます。殺されかけた……」

「他には？」

亘が問うと、鮫島は激しくかぶりを振った。しかし不意になにかを思い出したらしく、つぶやいた。

「哀れむな……我は……孤独に……なかりけり……」

右京がその続きを暗誦する。

「空が我が家、歌が我が友。あなたが詠まれた短歌です」

「短歌？」

意外そうな鮫島に、亘が付け加えた。

「先月の『毎朝新聞』、新聞歌壇に掲載されてました」


その夜、小料理屋〈花の里〉では、亘が女将《おかみ》の月本幸子にスマホで撮影した保護したカメの写真を見せていた。

「大きなカメ。これって咬《か》みついたりしないんですか？」

「咬みつくのは、ワニガメとカミツキガメ」ここまでは調べた亘だったが、あとは自信がなかった。「リクガメは基本的に、人に咬みつかないみたいです。ですよね？」

水を向けられた右京は「ええ」と答えた。

「でも、縄張り争いとか、餌と間違えてとか」

「女将さん、意外と心配性ですね」

「ご心配には及びませんよ」

右京が軽く笑うと、亘が昼間のふたりに言及した。

「右京さん、杉原課長と谷川課長のあの指の絆創膏、気になったりしてます？」

右京は曖昧《あいまい》な笑みを浮かべ、「しかし咬み傷だとは思えません。大きなカメは顎《あご》の力が強力で、ニンジン一本、キャベツ丸ごと、かみ砕いてしまいますからね。もし咬みつかれたら、絆創膏くらいじゃすみませんよ」

「残念」亘はワイングラスを幸子に差し出した。「女将さん、もう一杯」

「はい、かしこまりました」

幸子がワインボトルを取りにいったところで、右京が訊いた。

「君も、鮫島さんと同期入省の、あのふたりが気になるようですからね。東京湾大規模修繕プロジェクト入札談合疑惑の亡霊と無関係だとは思えません」

「ええ」亘が肯定する。「聞けば、次官候補最有力のおふたりですからねえ」

「疑惑の発覚はちょうど二年前でした」右京が当時の事件を整理した。「ゼネコン三社のうちの一社、〈鷲島《わしじま》建設〉は、現総理の強力な支援者。国交省との実務調整役と見られた〈鷲島建設〉企画室の室長は、発覚直後に自殺。そして、国交省側のキーパーソン、港湾局開発課の職員も失踪し、追及はうやむやに終わりました」

「時期もぴったり重なります。失踪した職員は鮫島さん」

「ええ」

同意する右京に、亘が疑問を投げかけた。

「なぜ鮫島さんは、自殺じゃなく失踪を選んだんでしょう？」

右京は別の疑問点を挙げた。

「とはいえ、政権は延命しました。談合疑惑は人々の話題から消え、もはや過去の話です。そのキーパーソンを今になって、誰がなぜ、殺そうとしたのか」

二

翌朝、右京と亘が登庁すると、特命係の小部屋には先客がいた。組織犯罪対策五課長の角田六郎が屈《かが》みこんでカメを見ていたのだ。

亘が角田のお株を奪う。

「角田課長、暇か？」

「お前らほどじゃねえよ」角田はそう受け流すと、「いや、しかしすごいね、この甲羅。まるで戦車だな」とカメに見入った。

右京が蘊蓄《うんちく》を披露する。

「この甲羅は骨甲板《こっこうばん》という骨が変化してできた板に、ケラチン質の甲板が張りついてできているんですよ」

「ケラチン質？」

右京が爪を角田の目の前に差し出した。

「ええ。僕たちのこれ……爪の成分です」

「へえ～」角田は感心している途中で、急に元々の用件を思い出したようだった。「あっ、そうだ。あんたが第一発見者になった、例のホームレス襲撃事件な、所轄にホシが自首してきたらしいぞ」


所轄署に出頭したのは向井《むかい》ハルというチャラチャラした若者だった。取り調べを担当した捜査一課の伊丹憲一と芹沢慶二を前に、ハルは犯行のようすを饒舌《じょうぜつ》に語った。

「なんかむしゃくしゃしてて、発散したかったわけよね。で、脅すだけでよかったのに……反撃しやがって、突き飛ばしたら、頭打ってうめきはじめて、やべえ、これ死んだな、って。けど、新聞見たら重体って出てたんで、ラッキー、生きてるよまだ、って感じ」

軽薄な口調で自供をするハルに、伊丹が尋問をはじめようとした。

と、そこへいきなり右京と亘が入ってきた。

「ああ、もう。なんでこんなとこまで……」

邪魔者の乱入に歯嚙《はが》みする伊丹に、「すぐ済みます」と断り、右京はハルに訊いた。

「君がホームレスを襲ったとき、現場に君と被害者の他に誰かいませんでしたか?」

「誰か……? はあ? いや、いねえよ。うん、いねえよ」

自信なさげに答えるハルに、亘がヒントを出す。

「人間とは限りませんが」

「はっ? ってか、これ自首だからな、これ。俺の自首!」

ハルが伊丹に向かって言い募るなか、右京は「どうも」と言い残して出ていった。亘もそれに続いた。

邪魔者がいなくなったところで、伊丹がハルと向き合った。

「その場にいなかったか、カメ?」

「カメ?」ハルは一瞬虚をつかれた顔になり、「ああ……いたっけ。忘れてたわ」と言い訳した。

「どのぐらいのカメ?」

芹沢が質問すると、ハルは「えっ? こ、こんくらい」としどろもどろになりながらも、手で示してみせた。

それを見た伊丹が、「タワシぐらいだな?」と確認したところ、ハルはうわずった声で「はい」と答えた。

ハルの自供がでたらめだと感じた伊丹と芹沢は、特命係の小部屋に保護されているカメを確かめにきた。入り口からのぞき、思いのほか大きなリクガメを確認した芹沢が言った。

「どう見ても、タワシよりでかいっすね」

「特命係の……亀」

伊丹が昔よく使ったフレーズを久しぶりに口にした。右京の相棒が、伊丹のライバルである亀山薫《かめやまかおる》だった頃、しょっちゅう亀山の名前をいじり倒していたのだ。

芹沢が嬉しそうにカメに近づき、頭を撫《な》でた。

「特命係の亀だってよ～。ええ、懐かしいですねえ～」

「おい、やめろお前。咬まれるぞ」

及び腰で入り口から注意する伊丹を尻目に、芹沢は小松菜をカメの鼻先でチラつかせ、話しかけた。

「食べますか？　食べる？」

「やめとけ……」

伊丹の恐怖心が伝染したのか、カメが突然頭を甲羅の中に引っこめた。

「うおっ！」芹沢が驚いて尻もちをつく。「なんだよ、お前。びっくりさせんなよ～」

と、自分のスペースに立てこもっていた青木が暖簾《のれん》から顔を突き出した。

「触らないでもらえます？　ここはふれあい動物園じゃないんですから」

「いいじゃんかよ。別にちょっとぐらい」

カメ好きの後輩に、伊丹が焦《じ》れる。

「芹沢、いつまで遊んでんだよ。聞きこみ行くぞ～。ああ、忙しい忙しい。ほら、行くぞ」

伊丹が青木に当てつけるように言って去っていくと、芹沢はカメに「じゃあな」と挨拶してあとを追った。


右京と亘はその頃、一軒の家を訪ねていた。インターフォンを鳴らしても応答がないので困っていると、仏花を抱えた女性が帰ってきた。女性の名前は山口悦子《やまぐちえつこ》といった。訝《いぶか》しげな顔の悦子に、右京が腰を折って言った。

「突然失礼いたします。〈鷲島建設〉企画室室長だった、山口正嗣《まさつぐ》さんの奥様でいらっしゃいますね？」

「はい」と悦子がうなずいた。

特命係のふたりは家にあがって、正嗣の遺影が飾られた仏壇の前で、話をすることになった。悦子が花を持っていたのは、奇しくも今日が正嗣の命日だからだという。悦子は悔しさをにじませながら特命係のふたりに訴えた。

「なんで主人だけ、死ななきゃいけなかったんでしょうか。会社を守るため。従業員の雇用を守るため。この国を守るため。でもわたしは、家族のために主人にも生きていてほしかった」

「お気持ちお察しいたします」右京が神妙な面持《おもも》ちで言った。「我々は今、二年前に発覚した入札談合疑惑について調べています」

「談合の調整役という白羽の矢が、なぜご主人に立ったのか。ご主人からなにか聞いていませんか?」

亘が真摯《しんし》な態度で尋ねると、悦子はしばしためらったあとで話しはじめた。

「〈鷲島建設〉の相談役に、堂本幸次郎《どうもとこうじろう》という、元国交省のOBの方がいらっしゃるそうです」

「国交省OB……」亘が反応する。

「その方が、短歌がご趣味だそうで。主人はよく歌会に呼ばれていて……。呼ばれると、どんな用事をおいても出かけておりました」

「歌会、ですか」

右京が思案顔になった。

三

その夜、とある料亭の座敷で、歌会がおこなわれていた。参加者は十五名ほど、隆《りゅう》とした身なりの男ばかりだった。彼らは短歌がいくつも書かれた歌稿《かこう》と呼ばれる紙を手に持ち、真剣に吟味していた。

老境に入ってもまだ肌の色つやのよい主宰者の堂本幸次郎が声を張った。

「では、皆さんの選と評をいただこうか。まずは……谷川くん」

指名を受けた谷川栄一がやや緊張した面持ちで口を開く。

「はい。私の特選は、この歌稿のふたつ目の首《しゅ》でございます」

このとき障子が開き、「呼ばれてませんが、お邪魔します」とふたりの男が入ってきた。

声を出したのはノーネクタイでワイシャツの胸元をはだけた、この場にはややそぐわない格好の冠城亘、もうひとりは仕立てのよいスーツをぴしりと着こなしてはいるものの、目に獲物を狙う鷹《たか》のような光をたたえた杉下右京だった。

歌会を邪魔した闖入者《ちんにゅうしゃ》に、堂本が不機嫌な顔になった。

「なんだね？　君たちは」

「警視庁特命係の杉下と申します」

「同じく冠城です。〈鷲島建設〉相談役、堂本幸次郎さんですね？　料亭で歌会とは、風流なご趣味で」

右京は参加者の顔ぶれをざっと見回した。

「お見受けしたところ、政・官・財の幹部の方がお集まりのようです。次の談合の下打ち合わせ、といったところでしょうかねえ」

一番手前にいた杉原裕也が気色ばむ。

「失礼だぞ、君たち。出ていきたまえ!」

右京は動じることなく杉原を手で制すると、短歌を詠んだ。

「哀れむな　我は孤独に　なかりけり　空が我が家　歌が我が友」

「誰の歌かね?」堂本が興味を示す。

「ホームレス歌人、詠み人知らず氏。元国交省港湾局開発課職員、鮫島博文さんの歌です」

亘が答えると、堂本は「あっ、鮫島の……」と懐かしむような顔をした。

「一昨日、公園で倒れているところを発見されました。何者かに襲われて重傷を負い、命は取り留めたものの、記憶を喪失されています」

亘の説明を聞き、谷川と杉原が顔を見合わせた。

「そうか」堂本が鷹揚《おうよう》なところを見せる。「せっかくだ。誰か歌稿を渡してやりたまえ」

「はい」

谷川が両手で歌稿を差し出したところで、右京が左手の人差し指に目を留めた。

「その指、どうされました？」

「えっ？」谷川がことばを詰まらせる。

「昨日、お尋ねしたときは、お答えいただけませんでした」

右京が言うと、堂本が「谷川くん」と促した。

「包丁で切りました」

谷川が渋々答えたところで、堂本は仕切りなおすように明るく言った。

「さあさあ、座りたまえ。選を頂戴しよう」

「残念ながら、参加はできかねます」右京が辞退する。「警視庁まで癒着《ゆちゃく》を疑われかねませんので」

腹に据えかねた杉原が、卓を叩いて立ちあがる。

「おい！　なんなんだ、君らは！」

守勢に立っていた谷川も攻めに転じた。

「勝手に押しかけたのは、君たちのほうじゃないか！」

「まあ……」堂本は杉原と谷川を宥《なだ》め、「癒着か。趣味の歌会まで癒着うんぬんと言われるとは、世知辛い世の中になったものだ」と嘆いた。

「自殺した〈鷲島建設〉の山口さんも、失踪した鮫島さんも、以前はこの歌会に足繁《あししげ》く通っていたそうですね」

ほのめかす亘を、堂本が険のある目で睨《にら》みつける。

「今さらなにを、飢えた野良犬のように掘り返そうとして。終わった話だ」

「ひとりが自殺に追いこまれ、ひとりが失踪に追いこまれた。決して終わった話ではありませんよ」右京は断言し、相棒に言った。「冠城くん、お暇《いとま》しましょう」

「はい」

場がざわつくなか、ふたりはしっかりした足取りで去っていった。


翌日、特命係の小部屋に登庁した右京は、暖簾をくぐって青木にハガキの束を渡した。

「なんですか、これ」

「新聞社から借りてきた、鮫島さんの投稿ハガキです。この消印をもとに、鮫島さんが過去二年間、どこからどこへ居所を移していたのか、映像で追跡してもらいたいのですが……」

無茶ともいえる右京の要求に、青木は軽く反抗した。

「はあ……過去の追跡って、なんのために?」

「鮫島さんを襲った犯人は、失踪中だった鮫島さんの居所をいったいどうやって知ったのか。あるいは、鮫島さんは自分の居所を、実は密かに誰かに伝えていたのかもしれない。まあ、いずれにしても、このハガキの中にその暗号が隠されているような気がしましてねえ」

「暗号……」青木がため息をつく。「命令というなら、やりますけど」

「命令です」

青木がパソコンに向かいながら、昼間のできごとを報告した。

「そういえば、一課の芹沢さんがカメに咬まれそうになって、腰抜かしてましたよ」

「おやおや、あのカメが、人を咬もうとしたのですか？」

「っていうか、芹沢さんの勘違いですよ。カメがびっくりして首を引っこめただけなのに、咬まれかけたって大騒ぎ」

右京はカメに向かって声をかけた。

「それは災難でしたねえ、君」

その頃、法務事務次官の日下部《くさかべ》彌彦《やひこ》がオープンテラスのカフェで英字新聞を開いているところへ、以前の部下だった亘が現れた。

「ご無沙汰してます、日下部さん」

「よく俺の前に顔を出せるもんだな」

「たまには、かつての上司にご挨拶をと思いまして」

法務省に在籍していたときにはずいぶんと可愛がったにもかかわらず、警視庁に移ってからはなぜか意に添わぬ動きばかりをするようになり、日下部としては亘に対して不愉快な感情を抱いていた。新聞をたたんで立ち去ろうとすると、呼び止めるように亘が話しはじめた。

「東京湾大規模修繕プロジェクト入札談合疑惑。二年前、地検特捜部は疑惑発覚を受けて動こうとした。けど、その直後にゼネコン側のキーパーソンが自殺。国交省側のキーパーソンも失踪。その失踪したキーパーソン、鮫島博文さんを見つけたって言ったら、どうします？」

思わぬ大ネタに、日下部は元の席に座りなおした。

「なにが知りたい？」

亘は日下部と対面する位置に座った。

「今の永田町の風向きです。特命係には、法務省ほど風が吹いてこないので。世間が忘れかけた今になって、なぜ鮫島さんは殺されかけたのか。犯人は、国交省大臣官房人事課の杉原課長か。それとも総合政策局総務課の谷川課長か。どちらも鮫島さんと同期入省で、今も次官レースに勝ち残っている最有力候補です」

日下部はそのあたりの事情に通じていた。

「お前さんが今言った谷川。総合政策局の谷川栄一は、主流派と太いパイプがある。一方の杉原。大臣官房人事課の杉原裕也は、最近反主流派にすり寄りはじめている」

「なるほど」亘が理解した。「反主流派にすり寄る杉原さんが欲しいのは、現総理のアキレス腱」

「そうはさせじと、動いたのかもしれんな、谷川は」

日下部の推測を、亘が咀嚼《そしやく》する。

「谷川さんは反主流派より早く、鮫島さんの口を塞ぎたい。鮫島さんの口を封じれば、事務次官は確実」

「冠城、これは貸しだぞ」

日下部が重々しく念を押すと、亘は「すぐ返せると思います」と不敵に笑って去っていった。

さらに同じ頃、鮫島が入院する病室には杉原と谷川の姿があった。一緒に見舞いにきたのではなかった。谷川が先に来ていたところに、あとから杉原がやってきたのだった。ふたりは胸の内を探り合い、しばらく黙っていたが、痺《しび》れを切らして、杉原がベッドの上の鮫島に語りかけた。

「記憶喪失だなんて、嘘じゃないのか、鮫島。お前は俺を……俺たちを追い詰める腹なんじゃないのか?」

「えっ?」

呆然とふたりを眺める鮫島に、谷川が頭をさげた。

「俺はお前が本当に記憶喪失なら、そのままでいてほしいと思ってる。そのままで、頼む」

「すみません」鮫島もベッドに上体を起こして頭をさげた。「僕は本当に、なにも思い出せないんです」


特命係の小部屋で亘からの報告を聞いた右京は得心したようにうなずいた。

「なるほど。なぜ今になって鮫島さんが襲われたのか、よくわかりました」

「右京さんのほうは？」

「ええ、どうやら鮫島さんは、自ら居場所を発信していたことがわかりました。あとは物証です」

「物証？」亘が訊き返す。「そんなもんあります？」

「それを待っているところです。ああ、来ました」

すると、鑑識課の益子桑栄が両手で段ボール箱を抱えて部屋に入ってきた。

「出ましたよ」

益子が差し出した鑑定書を右京が受け取った。

「やはり出ましたか」

「手こずったよ」と益子。「せめて、麻酔ぐらいさせてくれりゃいいものを」

「麻酔？　いったいなにを鑑識に……」亘は段ボールを開けて理解した。「ああ、そういうことね」

「さて、仕上げにかかるとしましょうか」

右京の眼鏡の奥の瞳がきらりと輝いた。

四

右京は、先日歌会がおこなわれていた料亭に杉原と谷川を呼び出した。

「事件の真相がわかりました。まずは、これをどうぞ」

右京がふたりに歌稿を渡す。

「これは？」

谷川の疑問に、右京が答えた。

「ホームレス歌人、鮫島博文さんの歌です。新聞歌壇にこの二年間、掲載されたものをすべて」

谷川と杉原が短歌に目を走らせたところで、右京が解説をはじめた。

「これらの短歌の最初の五音、初句はすべて、あ行からはじまります。なぜだろう？　僕は考えました。あ、か、さ、た、な、は、ま、や、ら、わ」右京が言いながら指を折る。「十文字。おわかりですね。これらは一から十までの数字に置き換えることが可能です」

「だから、なんだ?」

杉原が焦れたが、右京はペースを崩さなかった。

「鮫島さんの短歌は、五桁の数字に置き換わる。その最初は必ずあ行。すなわち、一」

「鮫島さんの短歌を、全部数字に置き換えてみました」

そう言いながら、亘が別の紙を配った。その紙に書かれた短歌は先の歌稿と同じものだったが、五・七・五・七・七に分かれたそれぞれの句の頭に、数字が添えられていた。

右京が種明かしをする。

「これは、郵便番号だったんですよ。つまり、犯人は鮫島さんが発信する郵便番号によって、居所を把握したのです。最後の歌をご覧ください。『哀れむな　我は孤独に　なかりけり　空が我が家　歌が我が友』――これを数字に置き換えてみましょう。『哀れむな』はあ行で一、『われは孤独に』はわ行で〇、『なかりけり』はな行で五、『空』はさ行で三、『歌』があ行なので一。つなげると、一〇五三一。そして鮫島さんが発見された公園のある場所は、東京都港区北虎ノ門三丁目。郵便番号は一〇五—〇〇三一。この二年間、短歌から置き換えた郵便番号の場所で、鮫島さんの姿を確認することができました。我々は、顔認証システムを使って、防犯カメラに映ったホームレスの映像データを一つずつ追跡したのです。しかしながら、鮫島さんの短歌が選に入り掲載されるタイミングは非常に不確実、かつ不定期です」

右京はいったん口を閉じ、亘が説明役を交代した。

「なので、新聞歌壇から鮫島さんの居所を知ることができたのは、『詠み人知らず』という筆名のホームレス歌人が鮫島さんであることを、あらかじめ知っている人だけです」

再び右京が口を開いた。

「鮫島さんは、その人物に向けて歌を詠み続けました。自分が生きていること、今どこにいるかを、この二年間、伝え続けたのです。その人物とは誰か?」

右京は静かに歩き、谷川の前で足を止めた。

「谷川さん、あなたですね。あなたは入札談合疑惑が政局になりかけたとき、鮫島さんに自殺を迫る政権を押し返し、失踪で手打ちとし、鮫島さんの命を守りました。主流派とのパイプがなければできることではありません」

「私は……姑息《こそく》だったと言わざるを得ません」

谷川が認めると、右京は罪を追及した。

「ええ。命を守るためとはいえ、鮫島さんの一生を路上に貶《おとし》め、それでよしとしたのですからねえ」

杉原が立ちあがる。

「谷川、お前が鮫島を殺そうとしたのか？」

「どうして、そう思われるんですか、杉原さん」

亘が問いかけると、杉原は咳払《せきばら》いをして答えた。

「それは……鮫島は、現総理のアキレス腱です。だから、谷川は鮫島の口を塞ごうとした。谷川は短歌の暗号で鮫島の居所を知っていたんでしょ？　谷川には動機とチャンスがある」

杉原が決めつけると、右京が別の見解を示した。

「ところが、短歌にはおのずと詠み手の個性が出ます。杉原さん、あなたも歌会で幾度となく鮫島さんの歌を詠んでいますよね」

「えっ？」

「もしあなたが鮫島さんの失踪後、谷川さんが水曜日の新聞歌壇を、毎週毎週気にしていることに気づいたとしたら」

右京が仮説を示すと、亘もならった。

「もしあなたがホームレス歌人は鮫島さんだと疑い、短歌に隠された郵便番号の暗号に気づいたら」

「なんでそうなる！」杉原が卓を叩いて声を荒らげた。「僕は主流派じゃない。むしろ現政権にノーと言える、反主流派なんだよ、俺は！」

指を突きつけて激高する杉原に、亘が冷静な口調で言った。

「だから、殺しにいったわけじゃない。現総理のアキレス腱を表舞台に立たせたくて、鮫島さんと談判をしにいった」

「そんなのは、全部想像じゃないか」杉原は虚勢を張り、部屋を出ようとしたが、その前にふたりの男が立ちふさがった。「誰だ？」

「警視庁捜査一課の伊丹です」「芹沢です」

警察手帳を掲げてみせたあと、伊丹は向井ハルについて語った。

「杉原さん、実は鮫島さんを襲ったと警察に身代わり出頭してきたヤンキーがいましてね。いったい、誰が身代わりを立てたのか」

芹沢が続けた。

「出入りしていたネットカフェを片っ端から当たって、通信記録をたどってみたところ、闇サイトでそいつを雇った人間のIPアドレスにたどり着きました」

「そこに、杉下警部から歌会のお誘いがあったもんでね」

伊丹のことばを受け、右京は杉原の右手小指の絆創膏を指差した。

「そして、その決定的な証拠がそれです。鮫島さんが襲われた二日後、鮫島さんの資料を我々に示すあなたの指、その小指の真新しい絆創膏と腫れが気になりましてねえ。その傷、カメの甲羅に挟まれたのではありませんか？」

右京の告発を受け、杉原の脳裏にその傷を負ったときの情景が蘇《よみがえ》ってきた――。

「お前にいい話を持ってきたんだ。もう、こんな生活をしなくて済む。名無しの権兵衛でいなくてすむぞ」

鮫島のねぐらで杉原はそう持ちかけたが、鮫島は聞く耳を持たなかった。

――帰ってくれ。

「なんだよ、せっかく見つけてやったのに」と責めても、鮫島はこちらを見ようともしなかった。仕方なく、そばにいたカメに話しかけたのだった。

「お前もずっとご主人様と路上生活か？　可哀想にな。日の当たる場所にお前も出たいだろう」

頭を撫《な》でた瞬間、カメが首を引っこめた。それに引きずりこまれる格好で、小指を首と甲羅の間に挟まれたのだった。被害を受けたのは杉原だというのに、鮫島は烈火のごとく怒った。

――触るな！　出ていけ！

杉原はなんとか鮫島をなだめようと、肩を揺すった。

「証言してくれよ、鮫島。俺が次官になったら、お前には関連団体の、それ相当のポストを用意するから」

それでも、鮫島は言うことを聞かなかった。

――出ていけ！

鮫島はその一点張りで、杉原を出口のほうへ押しやった。最初は「鮫島、頼むよ」と懇願していた杉原も、鮫島と揉《も》み合ううち、頭に血がのぼった。肩を揺する力がつい激しくなり、気がついたときには、鮫島を突き飛ばしてしまっていた。ブロックに頭をぶつけ、血を流して横たわる鮫島を見て、怖くなった杉原は相手の生死も確かめずに、その場から逃げ出したのだった――。

現実に戻ると、右京が話を続けていた。

「リクガメのちょうど頭の後ろにある甲羅の裏を鑑識で調べてもらったところ、人間の皮膚片と血液が採取されました」

杉原は天を仰いで、罵倒《ばとう》した。

「畜生！　政界の大スキャンダルがカメに……。甲羅の裏だと？」

くずおれた杉原の背中を伊丹が叩く。

「気持ちはわかるよ。よりによってカメとはな」

杉原に伊丹のことばの意味はピンとこなかったが、芹沢に「さあ」と引き立てられ、なんとか立ちあがった。

杉原が連行されたあと、谷川がぼそっと言った。

「新聞歌壇で鮫島の歌を見つけると、ほっとしました。生きてる。なんとか生きてくれていると……」

右京も亘も返すことばがなかった。


数日後、鮫島の入院している病院の屋上で、右京と亘は鮫島と話をしていた。傍らには、鮫島のペットのリクガメの姿もあった。

右京にはすべてがわかっていた。

「鮫島さん、あなたは杉原さんが自分を襲ったことを好機ととらえ、利用したのではありませんか？」

「えっ？」

「あなたは記憶喪失を装ってるんですよね？　犯人に殺されかけたと供述することで、犯人には殺意があったと我々に思いこませました」

黙りこむ鮫島に、亘が言った。

「そして、俺たちはあなたの思惑どおり、二年前の談合疑惑を掘り出した。さらには杉原さんが襲撃事件……いや、実際は過失傷害事件だったわけだけど、その犯人であることを立証した」

「世間では今あなたの狙いどおり、大変な騒ぎになっています。国交省の次官候補が刑事事件で逮捕されたのですからねえ。そして、ここが一番大事なポイントなのですが、杉原さんは次官レースから完全に脱落し、谷川さんが次官へとまた一歩前進しました」

右京の話を聞き、鮫島の頬がわずかに緩んだ。亘が鮫島に訊く。

「なんで最初に病院で意識を取り戻したとき、全部話してくれなかったんですか？」

「杉原がどうやって僕の居所を突き止めたのか、わからなかったからです。谷川が教えたのか、奴が自分で見つけたのか。いずれにしても下手なことを言って、今さら命を狙われても嫌ですから、ようすを見たのです」

「なるほど」

納得する右京に、鮫島が質問した。

「谷川は、僕の失踪についてなにか話しましたか？」

「この二年間、新聞歌壇であなたの短歌を見つけると、ほっとしたとおっしゃっていました。生きてる。なんとか生きてくれていると」

「甘いな。そんなので、次官にあいつ、なれるのかな」

鮫島の声に、谷川への信頼を感じ取った亘が訊いた。

「鮫島さんと谷川さんの間には、友情があったんですね」

「疑惑が表沙汰になったとき、自殺するしかないと覚悟を決めてたのに、あいつは、谷川は、こう言ってくれたんです。『あんな政治家たちのために死ぬことはない！　失踪しろ、鮫島。あとは俺がなんとかする』って。今回の事件を僕が利用したのは、政権の意向を押し返す腹の据わった官僚を、本省のトップに据えたいと思ったからです。官僚組織には、ウサギとカメがいればいい。泥に潜って上ばかり見ているヒラメ官僚は、不要です」

鮫島はカメに近寄ると、甲羅を撫でながら言った。

「苦労かけたな。ごめんよ。元気でな」

屋上から去ろうとする鮫島を、亘が呼び止めた。

「どこ行くんですか？」

「おふたりのおかげで、やっと今、記憶が戻りました。検察庁に出頭して、入札談合についての私の役割を……洗いざらい話します」

「なるほど」右京が鮫島の意図を理解した。「政権には致命的なタイミングですねえ」

一礼をして去っていく鮫島を見送りながら、亘が言った。

「結局、すべてカメの思惑どおりになりましたね」

「駆け比べの最後はカメが勝つと、相場が決まっているようですねえ」

カメのいなくなった特命係の小部屋で、右京がどことなく寂しげに、紫外線ライトを見やっていた。

ため息ばかりついている上司を、亘が慰める。

「心配いりませんよ。彼、もしくは彼女にとって、ここより、動物園のほうが幸せです」

「わかってますよ」右京は強がると、「そうだ、知ってましたか？　カメのオスかメスかは、卵を産みつけた場所の温度で決まるそうでしてね……」

蘊蓄を語りはじめた右京に、亘がきっぱり言った。

「カメはもういいです」

「はいはい」出鼻をくじかれた右京は少々不満気だった。「あ、そうですか」

相棒 season 17（第１話〜第７話）

STAFF
エグゼクティブプロデューサー：桑田潔（テレビ朝日）
チーフプロデューサー：佐藤涼一（テレビ朝日）
プロデューサー：髙野渉（テレビ朝日）、西平敦郎（東映）、
土田真通（東映）
脚本：輿水泰弘、神森万里江、真野勝成、根本ノンジ、
山本むつみ、森下直
監督：橋本一、権野元
音楽：池頼広

CAST
杉下右京……………………………水谷豊
冠城亘……………………………反町隆史
月本幸子…………………………鈴木杏樹
伊丹憲一…………………………川原和久
芹沢慶二…………………………山中崇史
角田六郎……………………………山西惇
青木年男…………………………浅利陽介
益子桑栄…………………………田中隆三
大河内春樹………………………神保悟志
風間楓子……………………………芦名星
中園照生……………………………小野了
内村完爾…………………………片桐竜次
日下部彌彦………………………榎木孝明
衣笠藤治…………………………杉本哲太
甲斐峯秋…………………………石坂浩二

制作：テレビ朝日・東映

第1話
初回放送日：2018年10月17日

ボディ

STAFF

脚本：輿水泰弘　監督：橋本一

GUEST CAST

三上冨貴江 ········ とよた真帆
鬼塚祥 ················· 谷村美月
鐙鞍兵衛 ··············· 柄本明
鬼束鋼太郎 ··········· 利重剛
風間楓子 ·············· 芦名星

第2話
初回放送日：2018年10月24日

ボディ〜二重の罠

STAFF

脚本：輿水泰弘　監督：橋本一

GUEST CAST

三上冨貴江 ········ とよた真帆
鬼塚祥 ················· 谷村美月
鐙鞍兵衛 ··············· 柄本明
鬼束鋼太郎 ··········· 利重剛
風間楓子 ·············· 芦名星

第3話
初回放送日：2018年10月31日

辞書の神様

STAFF

脚本：神森万里江　監督：権野元

GUEST CAST

大鷹公介 ············· 森本レオ
国島弘明 ·········· 森田順平

第４話　初回放送日：2018年11月7日

バクハン

STAFF

脚本：真野勝成　監督：橋本一

GUEST CAST

源馬寛……………中野英雄　百田努…………長谷川公彦

久我雄作 ……………崎本大海

第５話　初回放送日：2018年11月14日

計算違いな男

STAFF

脚本：根本ノンジ　監督：橋本一

GUEST CAST

星野亮……………… 木村了

第６話　初回放送日：2018年11月21日

ブラックパールの女

STAFF

脚本：山本むつみ　監督：権野元

GUEST CAST

遠峰小夜子…………西田尚美　連城建彦 ……………松尾諭

第７話　初回放送日：2018年11月28日

うさぎとかめ

STAFF

脚本：森下直　監督：橋本一

GUEST CAST

鮫島博文 ……………… 山中崇　谷川栄一 ……………関幸治

杉原裕也 ……………松田賢二

相棒《あいぼう》 season17　上　朝日文庫

2019年10月30日　第1刷発行

脚　本　輿水泰弘《こしみずやすひろ》　神森万里江《かみもりまりえ》　真野勝成《まのかつなり》
根本《ねもと》ノンジ　山本《やまもと》むつみ　森下《もりした》 直《ただし》
ノベライズ　碇《いかり》 卯人《うひと》

発行者　三宮博信
発行所　朝日新聞出版
〒104-8011　東京都中央区築地5-3-2
電話　03-5541-8832(編集)
03-5540-7793(販売)
印刷製本　大日本印刷株式会社

ISBN978-4-02-264932-4

相棒season8（上）

脚本・輿水泰弘ほか／ノベライズ・碇　卯人

杉下右京の新相棒・神戸尊が本格始動！　父娘の愛憎を描いた「カナリアの娘」など、連続ドラマ第8シーズン前半六編を収録。《解説・腹肉ツヤ子》

相棒season8（中）

輿水　泰弘ほか／ノベライズ・碇　卯人

四二〇年前の千利休の謎が事件の鍵を握る「特命係、西へ！」、内通者の悲哀を描いた「SPY」など六編。杉下右京と神戸尊が難事件に挑む！

相棒season8（下）

輿水　泰弘ほか／ノベライズ・碇　卯人

神戸尊が特命係に送られた理由がついに明らかにされる「神の憂鬱」など、注目の七編を収録。伊藤理佐による巻末漫画も必読。

相棒season9（上）

脚本・輿水　泰弘ほか／ノベライズ・碇　卯人

右京と尊が、夭折の天才画家の絵画に秘められた謎を追う「最後のアトリエ」ほか七編を収録した、人気シリーズ第九弾！《解説・井上和香》

相棒season9（中）

脚本・輿水　泰弘ほか／ノベライズ・碇　卯人

尊が発見した遺体から、警視庁と警察庁の対立を描く「予兆」、右京が密室の謎を解く「招かれざる客」など五編を収録。《解説・木梨憲武》

相棒season9（下）

脚本・輿水　泰弘ほか／ノベライズ・碇　卯人

テロ実行犯として逮捕され死刑執行されたはずの男と、政府・公安・警視庁との駆け引きを描く「亡霊」他五編を収録。《解説・研ナオコ》

相棒season10（上）

脚本・輿水　泰弘ほか／ノベライズ・碇　卯人

仮釈放中に投身自殺した男の遺書に恨み事を書かれた神戸尊が、杉下右京と共に事件の再捜査に奔る「贖罪」など六編を収録。《解説・本仮屋ユイカ》

相棒season10（中）

輿水　泰弘ほか／ノベライズ・碇　卯人

子供たち七人を人質としたバスに同乗した神戸尊と、捜査本部で事件解決を目指す杉下右京の葛藤を描く「ピエロ」など七編を収録。《解説・吉田栄作》

相棒season10（下）

脚本・輿水　泰弘ほか／ノベライズ・碇　卯人

研究者が追い求めるクローン人間の作製に、内閣・警視庁が巻き込まれ、神戸尊の最後の事件となった「罪と罰」など六編。《解説・松本莉緒》

相棒season11（上）

脚本・輿水　泰弘ほか／ノベライズ・碇　卯人

香港の日本総領事公邸での拳銃暴発事故を巡り、杉下右京と甲斐享が、新コンビとして活躍する「聖域」など六編を収録。《解説・津村記久子》

相棒season11（中）

脚本・輿水　泰弘ほか／ノベライズ・碇　卯人

何者かに暴行を受け、記憶を失った甲斐享が口にする断片的な言葉から、杉下右京が事件の真相に迫る「森の中」など六編。《解説・畠中　恵》

相棒season11（下）

輿水　泰弘ほか／ノベライズ・碇　卯人

警視庁警視の死亡事故が、公安や警察庁、さらには元・相棒の神戸尊をも巻き込む大事件に発展していく「酒壺の蛇」など六編。《解説・三上　延》

相棒season12（上）

脚本・輿水　泰弘ほか／ノベライズ・碇　卯人

陰謀論者が語る十年前の邦人社長誘拐殺人事件が、警察組織全体を揺るがす大事件に発展する「ビリーバー」など七編を収録。《解説・辻村深月》

相棒season12（中）

脚本・輿水　泰弘ほか／ノベライズ・碇　卯人

交番爆破事件の現場に遭遇した甲斐享が残すヒントをもとに、杉下右京が名推理を展開する「ボマー」など六編を収録。《解説・夏目房之介》

相棒season12（下）

脚本・輿水　泰弘ほか／ノベライズ・碇　卯人

〝証人保護プログラム〟で守られた闇社会の大物の三男を捜し出すよう特命係が命じられる「プロテクト」など六編を収録。《解説・大倉崇裕》

相棒season13（上）

脚本・輿水　泰弘ほか／ノベライズ・碇　卯人

特命係が内閣情報調査室の主幹・社美彌子と共に、スパイ事件に隠された〝闇〟を暴く「ファントム・アサシン」など七編を収録。

相棒season13（中）

輿水　泰弘ほか／ノベライズ・碇　卯人

〝犯罪の神様〟と呼ばれる男と杉下右京が対峙する「ストレイシープ」、鑑識課の米沢がクビを宣告される「米沢守、最後の挨拶」など六編を収録。

相棒season13（下）

脚本・輿水　泰弘ほか／ノベライズ・碇　卯人

杉下右京が恩師の古希を祝う会で監禁事件に巻き込まれる「鮎川教授最後の授業」、甲斐享最後の事件となる「ダークナイト」など五編を収録。

相棒season14(上)

脚本・輿水　泰弘ほか／ノベライズ・碇　卯人

異色の新相棒、法務省キャリア官僚・冠城亘が登場！　刑務所で起きた殺人事件で、新コンビが活躍する「フランケンシュタインの告白」など七編。

相棒season14(中)

輿水　泰弘ほか／ノベライズ・碇　卯人

殺人事件を予言した人気漫画に隠された真実に迫る「最終回の奇跡」、新政権発足間近に起きた爆破事件を追う「英雄～罪深き者たち」など六編。

相棒season14(下)

脚本・輿水　泰弘ほか／ノベライズ・碇　卯人

山深い秘境で遭難した右京が決死の脱出劇を繰り広げる「神隠しの山」、警察訓練生による大量殺戮テロが発生する「ラストケース」など六編。

相棒season15(上)

脚本・輿水　泰弘ほか／ノベライズ・碇　卯人

ある女性の周辺で起きた不可解な死の真相に、右京と亘が迫る「守護神」、独特なシガーの香りから連鎖する事件を解き明かす「チェイン」など六編。

相棒season15(中)

輿水　泰弘ほか／ノベライズ・碇　卯人

郊外の町で隠蔽された警察官連続失踪の闇に迫る「帰還」、目撃者への聴取を禁じられ、出口の見えない殺人事件に挑む「アンタッチャブル」など六編。

相棒season15(下)

脚本・輿水　泰弘ほか／ノベライズ・碇　卯人

籠城犯の狙いを探りあてた右京が、亘とともに巨悪に挑む「声なき者」、世間を騒がせる投稿動画に特命係が鋭く切りこむ「ラストワーク」など五編。